莎士比亚戏剧中的

『魔法』书写研究

魏雨洁 著

WUHAN UNIVERSITY PRESS
武汉大学出版社

图书在版编目(CIP)数据

莎士比亚戏剧中的"魔法"书写研究/魏雨洁著.—武汉:武汉大学出版社,2024.8
ISBN 978-7-307-24402-3

Ⅰ.莎… Ⅱ.魏… Ⅲ.莎士比亚(Shakespeare,William 1564-1616)—戏剧文学—文学研究 Ⅳ.I561.073

中国国家版本馆 CIP 数据核字(2024)第 100660 号

责任编辑:白绍华 责任校对:杨 欢 版式设计:马 佳

出版发行:**武汉大学出版社** (430072 武昌 珞珈山)
(电子邮箱:cbs22@whu.edu.cn 网址:www.wdp.com.cn)
印刷:湖北云景数字印刷有限公司
开本:720×1000 1/16 印张:9.75 字数:141 千字 插页:1
版次:2024 年 8 月第 1 版 2024 年 8 月第 1 次印刷
ISBN 978-7-307-24402-3 定价:49.00 元

谨以此书献给

父亲魏金平先生、母亲王晓丽女士

莎剧研究的"魔法"视角

——序《莎士比亚戏剧中的"魔法"书写研究》

  魏雨洁同学曾是中南民族大学文学与新闻传播学院 2020 级文艺学硕士研究生，现为我院 2023 级古代文学在读博士生。在雨洁攻读文艺学研究生阶段，我担任她的授课老师，前后讲授过《文学批评方法论》《比较诗学研究》《文学前沿问题研究》等课程。通过课堂研讨和课余交流，她给我留下了良好而深刻的印象，并在读硕期间我和她合作撰发了学术论文《巴赫金时空体诗学对康德时空观的辩证吸收》（原载《中南民族大学学报》（人文社会科学版）2023 年第 3 期）。

  雨洁的这本专著依托其硕士学位论文修改而成。当年撰写该文时，她通读了莎士比亚全部剧作，查阅了大量中外文献，仔细研习了莎士比亚的台词细节，严格遵守学术规范，高质量地完成了硕士学位论文。由此，她的学术积累、思维能力、论述水平均得到有效提升。读博以后，她充分利用课余时间，在原稿基础上增添了一些新的研究成果，并结合相关理论著述，调用新的研究方法，重新整合原有论述框架，使书稿质量进一步改观。总体而言，该著以莎士比亚戏剧中的"魔法"书写为切入点，结合多种学科知识对莎剧进行新的解读，体现了研究对象的经典性和研究方法的新颖性，因而具有别样的学术价值与创新意义。

  就研究对象而言，威廉·莎士比亚是文艺复兴时期的标志性作家，他的作品被哈罗德·布鲁姆视为经典中的经典。历史已经证明并将继续证明，莎士比亚以超凡的艺术构思力和充满张力的语言表达力，为后世留下了丰富而不朽的文学遗产，他和他的作品使我们联想起一个逝去的伟大时代。与此相关，莎学研究历经数百年的积淀,成果丰厚,从未休歇,无数学者们前赴后继地对他的戏剧以及十四行诗进行了并将持续进行深入研究,只为探明隐藏在多重迷雾之下的莎翁本真面目。事实上,莎学至今仍然是学界关于文艺复兴时期哲学、文学乃至思想史研究领域的前沿问题和热点话题,学者们分别从莎士比亚生平传记、作品细读、莎剧编演以及版本校勘、翻译理论、传播与接受、比较文学等角度所进行的多维度、多层次阐释与探讨,涉及哲学、美学、宗教学、历史学、心理学、文化学、生态学等诸多研究方法,可谓渐行渐长。在这样的学术背景之下,雨洁勇敢选择莎剧作为她的研究对象,是需要决心与勇气的,而且她也确实为此付出了艰辛的努力。

从问题意识层面来看,雨洁选择的乃是文艺复兴思想史中较为复杂的文化事件,甚至是长期被遮蔽的部分,当然也是探究莎士比亚创作思想的一个拓进性研究视角。客观而论,莎剧所展现的不仅是高尚的灵魂、炽热的爱情、阴险的诡计、被烈火灼烧的王权、被花香与阳光熏照的市井,更有个人英雄与集体历史的较量,伟大心灵与冷酷现实的争斗,春风般温暖的善意与寒冰般森冷的恶意的冲突……这些都在莎剧的魔法书写中得到体现。虽然目前尚无学者给莎剧中的魔法下一个准确的定义,也不便完整界定它到底隐喻着莎士比亚的哪些思绪,但它确实是值得我们不断思考的学术问题——即魔法对于莎翁本人而言,是恒定不变的信仰之结晶,还是多向生成的开放之镜面;它在莎剧之中,是转动既定命运的骰子,还是过往坚信之物开始崩塌重塑的筹码;它对于文艺复兴这个宣扬人的自由与解放的时代而言,是拯救濒危之梦的骑士,还是不可触碰的荆棘玫瑰。

我注意到,雨洁在写作过程中始终注意将自己的观点与前人的成果相映照,并为此进行了一定程度的突破性尝试。因而,她的书写既未脱离既有理论范畴,同时又体现了相应的独立性与自主性。具体而言,她以较清晰的逻辑线索系统分析了莎剧中的魔法叙事,认为莎剧中的魔法是介于科学与神学之间的神秘书写,是一种通过媒介改变自己和他人物质生活和精神世界的操作性意指活动,继而归纳了魔法的"联应性"、仪式性两大特点,并富有创见地总结了魔法的媒介分类及其具体功能，揭示了莎剧中的魔法的隐喻含义。

尤为可贵的是，雨洁对既有文献材料的分析和运用，既不盲目采信，也不全然否定，而是以文本为依据，从内心出发，在具体的文本阐释中审慎地表达自己的学术见解。这种务实拓进的学风，是值得当今学子学习借鉴的。当然，雨洁毕竟年轻，学术之旅才起步不久，她所得出的结论未必全都公允，因此更加期待读者朋友的关心与指正。

在祝贺雨洁《莎士比亚戏剧中的"魔法"书写研究》即将付梓之际，同时祝愿她"鹰击天风壮，鹏飞海浪春"，在未来的学术道路上取得更多更好的成果！

时值仲春，山花烂漫。窗外阳光灿烂，万物生机盎然。心有所感，记之为序。

龚举善

2024 年 3 月 28 日

莎士比亚的"魔法"与永久的谜团

魏雨洁

莎剧是我从小的启蒙读物之一，也是陪伴我最长时间的文学经典。讲到莎剧就不得不提到它的创作者，这个名字如此的如雷贯耳，如此的震人心魄，以至于我们提到他的时候，总能听见他戏剧中所有人物的声音，似乎美好的作品都能与接受者有着不可思议的通感，我们都能够在他的作品中找到自己的位置，就如泰纳所说，莎士比亚这样的人"一次就可以摄取许多对象，他们掌握这些对象比别人更精密、更迅速、更全面，他们的头脑容纳了无比丰富的东西，直欲泛滥外溢"。他笔下人物的风貌都适用于任何一个时代，他每一句台词都能解释每个个体当下的境遇，因此亚历山大·波普在他的《莎士比亚著作集》中说他是"自然的代言人"。几百年过去，我们似乎无限接近莎士比亚，却又始终和他隔着一段距离，无数的人追逐着他的背影，他却始终只以模糊的形象给后人以神往，他站在山巅，俯视世间一切悲欢，他高悬在文学世界的夜空，沉思生死爱恨的真谛，而我们又未曾真正看清楚他的面目。正是这种神秘感才让他的作品充斥着快乐与忧愁，细致的柔情与深沉的哲思，最深厚的感情与最凄惨的决绝，最热烈的梦想与最惨痛的结局，这些迷幻与神秘的情节让我下定决心选择魔法作为研究的对象。

起初，我最感兴趣的并不是魔法，我先将魔法与占星、玫瑰并列进行了初步的研究，但是在深入写作之后我忽然发现，魔法才是莎剧最有魅力的元素之一，于是我最终将研究对象缩小到了莎剧中的魔法范围，正因为魔法对于我们而言是极为神秘又非常陌生的,它能够勾起人心中深藏的浪漫与幻想,也能勾起我们对未知世界的向往,以及勾起人对萦绕在莎士比亚本人及莎剧本身未解之谜的好奇,我认为莎剧中的魔法代表了莎士比亚本人身份的扑朔迷离,也展现了他纷繁复杂的思想以及他所处的那个时代的特殊风貌。

首先就是莎士比亚本人身份的扑朔迷离。古往今来对于他身份的猜测和他生平的考证络绎不绝,可以说他本人以及他的创作就是文艺复兴时期最强大的魔法。对于莎士比亚本人生平的考证已有初步性成果,除了六处签名以及受洗记录外,2019 年英国学者西德尼·李出版了《莎士比亚传》,除了详尽地介绍了莎士比亚的人生之外,还在附录中为传记提供了大量补充的史料,这被视为目前较为可靠的莎翁生平记录,无论如何,这至少在一定程度上为我们拨开了莎士比亚的神秘面纱。因为莎士比亚确实没有留下能证明他创作了戏剧的任何史料,以及他使用过的物品,故始终有学者对他真正的身份产生怀疑,理由是莎士比亚只受过不完整的教育,懂"一点拉丁文和极少的希腊文","几乎不懂法文和意大利文",但这本传记中却记录了约翰·奥布里这位英国古文物研究者认为莎士比亚的"拉丁文相当好",且传记的作者也认为莎士比亚的"意大利语应该也不错"。而 1894 年托马斯·斯宾塞·贝恩斯在《莎士比亚研究》中发表了《莎士比亚在学校学了什么》中提到他"能分辨出漂流到国外的意大利诗歌或小说",由此来看莎士比亚的意大利文并不像本·琼森说的那样几乎不懂。我有幸读到了这本著作,感叹于百年过后的经典人物仍被不断阐释,这更坚定了我拿下这个选题的决心。在我看来,这些谜团与猜测反而证明了莎士比亚地位的坚不可摧,这证明了文学作品一旦被人接受,就会不断地延展它的生命力,因此对于后世而言,莎剧本身就已足够珍贵,而他本人也在这朦胧的玫瑰色雾气里编织着入梦的线索。

莎剧中对于魔法本身描写的纷繁复杂也值得分析,这也是我最为好奇的问题。我们对莎士比亚的评价就是他的戏剧永远反映时代与当下,哪怕文艺复兴时期的确具有神秘学的传统,莎士比亚在戏剧中穿插着魔法元素情有可原,但他也写了充满幻想性的魔法戏剧，而他写作的意图我们却从未知晓。2020年初，我在阅读莎剧的过程中，重新翻到了《暴风雨》和《冬天的故事》这两部一度被我忽视的剧本，小时候我阅读莎剧大多是关注四大悲剧和四大喜剧，对其他的剧作只是寥寥翻过，而在长大后我重读莎剧，便深刻地被《暴风雨》中的这句被千古传诵的台词吸引："……入云的楼阁、瑰伟的宫殿、庄产的庙堂，甚至地球自身，以及地球上所有的一切，都将同样消散，就像这一场幻景，连一点烟云的影子都不曾留下。构成我们的料子也就是那梦幻的料子；我们的短暂的一生，前后都环绕在酣睡之中。"这是普洛斯彼罗作为魔法师实施的最后一场魔法，他召唤了各种花卉之神，为观众们再次营造了玫瑰色的幻梦，这有别于前期因愤怒和不甘心的惩罚，不同于泄愤和震怒，字里行间体现的满是魔法的浓厚温情，而《冬天的故事》最后的大团圆也有赖于宝丽娜的魔法，宝丽娜神奇地将一尊石像通过音乐与咒语变成了已经死去的王后赫米温妮，这美好的神迹温暖了曾经冷漠的里昂提斯。或许在我们看来，无论是呼风唤雨还是起死回生的魔法都过于玄奇，充满了令人震撼的神秘，这有别于在《麦克白》中阴森可怖的女巫魔法，我想，这些包含着深情厚爱的魔法才是莎士比亚真正想要的，如果说麦克白被邪恶的魔法所掌控导致失去了自我，输给了命运，那么普洛斯彼罗最后将魔法书沉入幽深的大海则是真正掌控了魔法，甚至掌控、超越了命运。正如最后他所说："现在我已把我的魔法尽行抛弃，剩余微弱的力量都属于我自己"，因此，莎士比亚晚年戏剧中的温情之感与其说是妥协于现实，更不如说是通过魔法，实现自我精神的超脱从而把握了未知，由此他从诘问命运转向掌握命运，实现了个人情感与理智的全面升华。

创作完《暴风雨》的莎士比亚退出了戏剧创作一线，回到了他的家乡，《莎士比亚传记》中指出此时的他"放下工作，与朋友叙叙旧、聊聊天，安享晚年，过着一切理智人士理想中的生活"，诚然，我们并不能完全知道为何他选择此时隐退，但我们能知道的是，他戏剧中的魔法仍然缠绕着多种谜团。作为"魔法师"的这位伟大戏剧家的身影已经远去，但是他的戏剧以及他笔下的魔法还依然萦绕在文学的夜空，任何年龄段的人都能在他的戏剧中找到属于自己的梦，于是，这位魔法师就带着恬静和忧伤的微笑，向他的观众们挥挥手后，跳出了时间的冗长河流，只有剧作留存在永不落幕的千古传诵之中。

2024 年 3 月 31 日

目　　录

绪　　论

　　威廉·莎士比亚是英国文艺复兴时期最伟大的剧作家、英国文学文化成就的顶峰。对于后世而言，莎士比亚的影响之深远举世罕见，他宛如黑暗夜空中的恒星一般熠熠生辉，从未陨落①，"莎士比亚有着令人匪夷所思的、出类拔萃的才智，一个好的读者可以钻进柏拉图的头脑，并在他脑子里思考问题，但谁也无法进入莎士比亚的头脑。我们至今仍置身门外。就表达力和创造力而言，莎士比亚是独一无二的。他丰富的想象无人能及，他具有作家所能达到的最敏锐犀利、最精细入微的洞察力"②，这位伟大的戏剧家永远能经得起时代变迁的考验，也永远能站在时代的最前沿。他的戏剧有力地展现了英国波诡云谲的政治算计、血腥残酷的王室更迭、刀光剑影的权力与爱情游戏，诙谐幽默

---

① 艾默生(Ralph Waldo Emerson)曾在 1850 年出版过一本《代表人物》(*Representative Men*)，共收七篇，除了第一篇外，其余六篇都是对他心目中六位伟人的赞美，分别是：柏拉图(Plato)、伊曼努尔·斯维登伯格(Emanuel Swedenborg)、蒙田(Michel de Montaigne)、莎士比亚(William Shakespeare)、拿破仑(Napoléon Bonaparte)、歌德(Johann Wolfgang von Goethe)。(傅光明.《麦克白》的"原型"故事及"魔幻与现实"的象征意味[J]. 东吴学术，2017(2).)艾默生作为"美国文明之父"(亚伯拉罕·林肯之言)，其文学之造诣可以在文学史中留下深深的一笔，而这位伟大的思想家心中认为能称得上"伟人"的六个人中就有着威廉·莎士比亚的名字，可想而知无论何种时代，莎士比亚都能在文学之圣殿以及每一位自他之后的文学巨匠心中占有至高无上的地位。而事实上，1845 年，艾默生在他的《诗人莎士比亚》中更是把莎士比亚当做全人类诗人的典型代表。

② 傅光明.《麦克白》的"原型"故事及"魔幻与现实"的象征意味[J]. 东吴学术，2017(2).

1

的世态人情，以及带着传奇色彩的神秘魔法，诚如奥格斯特·威廉·席勒格①所说，莎士比亚"打开了幽灵的魔术世界的大门，召唤了子夜出现的灵魂，给我们展示了包围在不洁的神秘气氛中的女巫，让空中充满了嬉戏的精灵与风精"②，可以说，他对于魔法的书写在文艺复兴的作品中是一种极度深刻的幻想体验，同时也是这位伟大诗人宏伟浪漫之才华的生动体现，他将魔法书写与人的精神世界合二为一，展现了文艺复兴时期对"人"这个亘古主题的内省性发掘。

对于生活在伊丽莎白一世时代以及詹姆斯一世时代的人而言，天意与命运是推动历史走向的重要原因，从古希腊罗马到中世纪传承的神秘学思想及对宇宙、自然的敬畏让他们倾向于以天神、魔鬼的作用解释自身的遭遇，于是魔法文化应运而起，莎士比亚也因缘际会地将诸多魔法元素及超自然元素带进他的作品，在给读者们一窥他无与伦比的想象力与涉及题材之广泛的基础上，更让人们对那些神秘、奇幻、瑰丽的魔法深感好奇。事实上，神秘学和与魔法相关的理论在文艺复兴时期尤为兴盛，古代后期的新柏拉图主义、希伯来神秘主义和赫尔墨斯派的魔法理论对近代的人文主义运动起到了推动的作用，这重新激起了人们对魔法领域的兴趣，因此，文艺复兴时期，魔法师及自然哲学家们对魔法的研究热情不断高涨，这些背景给本书研究提供了可行性与必要性。

一、选题缘由

（一）可行性原因

第一，文艺复兴时代呼唤着以魔法为代表的神秘学思想的复兴，魔法对文

---

① 奥格斯特·威廉·席勒格，德国文学家(1767—1845)，莎士比亚剧作的德文译者，并以此而载入文学史。赫兹列特所引用他的演说，是《在柏林关于文学艺术的讲话》。（[德]歌德等．莎剧解读[M]．王元化、张可译．上海：上海书店出版社，2019：106．）

② [德]歌德等．莎剧解读[M]．王元化、张可译．上海：上海书店出版社，2019：97．

艺复兴时期的人们的思想和生活造成了深远的影响，这种时代文化背景为本书的写作提供了可行性。

　　早在基督教兴起和传播时，以魔法为代表的神秘学思想观念就开始渗透进了欧洲，《出埃及记》中记载了耶和华赐给摩西"奇迹的权能"，赐给亚伦魔杖，亚伦在法老面前将魔杖丢在地上，它立即变成了蛇，法老召集自己的术士们施展魔法，他们的手杖也变成了蛇，后面耶和华迫使埃及人允许以色列人离开，法老派遣军队前去追击，耶和华又让摩西施展魔法，海水自动分开露出陆地，让以色列人通过①。这个例子表明魔法文化自古就存在，通过魔法的实施达成心愿或者朝着施术对象进行打击使得早期的魔法带有黑暗的色彩，无论是使用魔杖，还是将魔杖丢在地上，魔杖变成蛇，这种种行为都体现了魔法的动作性色彩，即在早期的神话中它并不是静止的物象，而是能够产生变化的行为。

　　时间延续到希腊罗马时期，早期罗马帝国时期并没有魔法书籍存在的证明，但是写在铅板上的束缚咒在公元前六世纪晚期的西西里和南意大利就已经出现，虽然文本很短且通俗易懂，不像俄耳甫斯写板那样精致，但至少有一部分能被证明是行家所写的更为古老的魔法咒语，例如《奥德赛》中出现的止血咒，在这里魔法又带上了功能性，这让人联想到后世能够给人提供疗愈效果的白魔法。

　　到了中世纪，神学的威压让人们更加信仰鬼神及魔法，因此从中世纪开始便有一些王室贵族们使用魔法的传说，如可以通过吹气唤来狂风暴雨，通过呼气唤来漫天大雾，可以用祖传的吊坠在盛满水的银制水盆里唤来三天三夜的倾盆大雨和海浪滔天，也能在家族成员死亡时在河流中听到歌声。相传爱德华四世的王后伊丽莎白·伍德维尔母亲的家族就是河流女神梅露西娜的后代，或许这仅是出于对他们神秘婚姻的猜测，但这种猜测正是源于当时人们对不可思议结果的神秘性归因，且正因魔法在当时的人们心中代表着不可控制的力量和操

---

① 汤平. 魔幻与现实：莎士比亚戏剧中的超自然因素研究［M］. 成都：四川大学出版社，2015：73.

控人心之术，这位王后被许多惧怕她的人及政敌称为女巫。女巫代表着与恶魔相关的黑魔法，她们被人们认为妖言惑众、未卜先知，被人们所惧怕，这种惧怕引起了后来的"猎巫运动"。猎巫运动的残酷和对魔法的恐慌也从侧面渲染了欧洲思想史上神秘学及魔法起到的重要影响作用。

到了文艺复兴时期，异教文化和神秘信仰占据了本时期思想史的重要位置。宗教改革不仅使基督教回到了伟大的使徒时代，还回到了希伯来诸王年代①，神学传统拾起了毕达哥拉斯神秘主义和宇宙幻想的哲学，神秘思想以席卷之势占据了文艺复兴时期的文化思想史中的重要位置。在1500年到1650年间，从上古仪式中分出来的魔法、占星术、炼金术使得欧洲人普遍相信魔鬼、魔法、贤者之石的存在。而宗教与科学的激烈碰撞以及背后神秘宗教团体的影子使得这种文化通过教会布道、村头闲谈、传奇故事口耳相传，当时的人们将自然灾害、饥荒、疾病、政治动荡等视为魔法的结果。16—17世纪广泛的魔法信仰及宗教、神学意识的激荡体现出魔法是西方新的文明系统脱胎而出前夜的力量强大的产物，它深刻影响着文艺复兴时期英国乃至欧洲人们的生活、思想以及文化。

第二，哲学、神学、宗教理论及神秘学团体推动了魔法的理论化与体系性，这为本书对魔法的理论分析与解读提供了可行性。

魔法并不是突然出现，也绝不是无迹可寻，最早有据可查的和中世纪及文艺复兴时期的魔法相关的理论背景来源于古老的赫尔墨斯主义。赫尔墨斯主义是一种埃及希腊化传统理论，指的是一个传说中的、有些被神化的三重伟大的赫尔墨斯，其原本是希腊神赫尔墨斯和埃及神托特的一种融合。关于他的魔法的幸存文本可以追溯到公元2、3世纪。这些文本中最重要的是《赫尔墨斯秘文集》，它在中世纪的拜占庭被编为17篇独立的论文，包括新发现的魔法秘仪入

---

① H. Trevor-Roper. *The European Witch-craze of the Sixteenth and Seventeenth Centuries and Other Essays*[M]. New York：Harper Torchbooks, 1969, p. 90.

门仪式文本《第八和第九论说》①，这种理论倡导超越单纯的理性认识和世俗牵绊，通过实实在在地在一个非物质的光明灵体中重生而获得拯救和最终解脱。这个解脱和转变过程的顶点是灵性的飞升，最终与至高力量合一。因而很早之前的魔法与个人的修行和灵性的修炼仪式具有密切关联，他们主要致力于对自身苦难的超越与对自我灵魂的洗涤，在这之中，"仪式"是魔法进程中重要的组成部分，它被称为通神术，意思是人能够通过这种魔法的流程活动达到迷狂的状态，与神进行沟通。即通过一系列的流程与媒介的指引，神能够在这个仪式活动中现身，在这个过程中，仪式通常表现为"做一些'不能以言语表达的活动'，使用一些只有诸神才能理解的'不可言喻的符号'"②，因此，我们可知在这些魔法和仪式的理论中，具有实操性的仪式活动是关键。

除了关于魔法的基础理论之外，还有一些神秘的宗教团体推动着魔法和神秘学的发展进程。最负盛名的神秘学团体当属"玫瑰十字会"③，它通过《兄弟会传说》向公众宣布了自身的存在，1615 年，玫瑰十字会发布的一篇《兄弟会的自白》中，预言有一场新的改革会根据古老的赫尔墨斯主义和相关科学来改造欧洲文化。第三篇宣言《克里斯蒂安·罗森克罗伊茨的化学婚礼》在性质上有很大不同，它基于魔法炼金术的象征含义对克里斯蒂安④的转变作了复杂的寓意描述。这些理论性的传统强调转变与飞升，更重要的是他们认为实施魔法

---

① ［荷］乌特·哈内赫拉夫. 西方神秘学指津［M］. 张卜天译. 北京：商务印书馆，2018：23.

② ［荷］乌特·哈内赫拉夫. 西方神秘学指津［M］. 张卜天译. 北京：商务印书馆，2018：25.

③ 有学者提出，玫瑰十字会自法老时代产生，并众采毕达哥拉斯学派、厄琉西斯、波斯占星术师、艾赛尼派、圣殿骑士团以及黄金羊毛修会的遗产。有些学者认为，它诞生于一个耶稣会的密谋，他们渴望凭靠自己的神秘技术（魔法）知识济世救人，在现世中实现理想世界；不仅要改造世人的灵魂，而且要改造世界本身。（刘小枫. 安德里亚与 17 世纪"玫瑰十字会"传说［J］. 江汉论坛，2019(9).）

④ 1614 年出版的三篇《玫瑰十字会宣言》的第一篇中，描述了一个被称为"C. R."，后来被确认为克里斯蒂安·罗森克罗伊茨的人，他在游历中东并且深入研究"隐秘"科学之后，回到德国创建了一个秘密组织，以确保他的最高智慧不会失传。

就是实施一系列过程性的仪式，通过仪式苦行修身，最终得到肉身与灵魂的超脱，由此可见，无论是最早宣称与神相通的仪式，还是演变到玫瑰十字会中带着早期科学性质的仪式，本质都是超脱自身灵魂，荡涤苦难的具有实操性的活动，在托马斯·阿奎那的解释中，这类崇拜性的行为通常由"一套信念和实践组成"①，即如果要灵魂达到一种至高的境界，必须由内而外地言行一致，使信仰付诸内心，从而外化于具体的实践性行为。

因而，从上述的梳理可知，无论是魔法文化本身或者是对魔法理论的阐释，它们都强调着魔法作为一种神秘的现象，具有互动性与行为性，它可以与神灵沟通，可以被具体的人操作，可以由实在的媒介引发，甚至可以带来事物的变化，体现出了人与神、人与自然、人与人的互动。这些思想为本书进一步阐释莎士比亚作品中魔法的特点、魔法的媒介及魔法带来的效果提供了较为充分的证据与理论。

(二) 必要性原因

第一，魔法作为典型时期的典型描写对象的必要性。文艺复兴时期是神秘学以及魔法思想蓬勃发展的重要阶段，作家们的创作中也普遍体现出了魔法的元素，这些现象证明了魔法在当时成为了文学创作中较为经典的描写对象。

一方面，与莎士比亚差不多同时代的作家们都不约而同地在作品中表现出了与魔法相关的内容。比如斯宾塞的《仙后》明确地赞扬了白魔法的纯洁性，采用的新柏拉图主义为当时的魔法师约翰·迪伊的基督教隐秘学提供了依据。又如马洛创作的《浮士德博士的悲剧》里塑造了浮士德博士探索恶魔崇拜和黑魔法的可能性，在这里我们能通过作品得知在文艺复兴时期作家的眼中，黑魔法同恶魔紧密相连，代表着极端、邪恶，马洛将浮士德博士塑造为著名魔法师阿格里帕的学徒，阿格里帕曾出版《虚伪的科学》，指出人类所有的知识都是

---

① ［澳］彼得·哈里森. 科学与宗教的领地［M］. 张卜天译. 北京：商务印书馆，2016：9.

空虚的，所有的科学都是空虚的，唯一不空虚的学问是认识上帝。浮士德博士认为魔法师可以呼风唤雨，好的魔法师约等于半个上帝，由此可见在当时一些作家的眼中，魔法几乎可以操控一个人日常生活的全部，这也反向证明了前文所述的文艺复兴时期魔法文化之兴盛。

另一方面，莎士比亚的戏剧中也包含着非常典型的魔法元素，他以或明或暗的写作方式将魔法元素蕴含于他的戏剧作品中。他深谙英国当时的魔法习俗，绝大多数的英国人都相信人们的死亡将在海水退潮之时发生①，他笔下的福斯塔夫死于十二点到一点之间，恰好在海水退潮之时。看似和魔法书写无关的《威尼斯商人》中的一些台词也提到了和魔鬼相关的内容，例如安东尼奥的台词："你听，巴萨尼奥，魔鬼也会引证《圣经》来给自己辩护哩"②，以及朗斯洛特内心复杂的独白中也出现了和黑魔法相关的受魔鬼引诱的台词："可是魔鬼拉着我的臂膀，引诱着我，对我说……"③在这里能看出，莎士比亚一些和幻想性元素无关的戏剧中也会或多或少植入关于魔法的内容，尤其是他将能引起人内心贪欲和邪恶的行为都归因于恶魔的引诱，而恶魔则与魔法息息相关。《暴风雨》则更为集中地体现了莎士比亚的魔法书写，魔法掀起狂暴的自然变化，其能力之大甚至可以"遮暗了中天的太阳，唤起作乱的狂风，在青天碧海之间激起浩荡的战争：把火给予震雷，用雷电之神的霹雳劈碎了他自己的那株粗干的橡树，使稳固的海岸震动，连根拔起松树和杉柏"④，另外，《麦克白》中三位女巫之一的赫卡忒女巫的名字也体现了魔法的色彩。赫卡忒在神话中是掌管幽灵和魔法的女神，也是妖术、魔咒和女巫的守护女神，莎士比亚用

①　[英]J. G. 弗雷泽. 金枝——巫术与宗教之研究（上）[M]. 汪培基、徐育新、张泽石译. 北京：商务印书馆，2012：64.

②　[英]威廉·莎士比亚. 莎士比亚全集（二）[M]. 朱生豪译. 北京：人民出版社，1994：19.

③　[英]威廉·莎士比亚. 莎士比亚全集（二）[M]. 朱生豪译. 北京：人民出版社，1994：24.

④　[英]威廉·莎士比亚. 莎士比亚全集（一）[M]. 朱生豪译. 北京：人民出版社，1994：74.

女巫的魔法指明了命运的深不可测，也点名了麦克白注定的悲剧。值得一提的是，《麦克白》中三位女巫的咒语据传是莎士比亚对真实的魔法书改编，因此具有真正的黑魔法力量①，在剧场演出时成为禁忌，只能以《苏格兰戏剧》代替②。通过上述的基本的梳理可知，在莎士比亚的笔下，魔法的表现形式多样，且有直接与间接的书写，其书写之绚烂，内容之丰富更证明了魔法元素是其戏剧中最为重要的书写对象之一。

第二，厘清概念的必要性。"魔法"是一个西方文化史中的概念，脱胎于西方文明这个母体，我们确实可以说这类文化具有某种神秘主义的传统，但文艺复兴时期的哲学家们认为，神秘主义与人文主义都可以用作历史范畴，即它与人文主义一样源远流长，亨利库斯·科尔奈琉斯·阿格里帕就认为这种神秘主义包括了"魔法、占星术、魔鬼学、占卜、幻术、巫术、数秘术、卡巴拉和妖法"③，由此可见神秘学内涵之丰富，但这些概念至今没能得到理论化的梳理。

一方面，同样作为神秘学概念，魔法与占星术、炼金术的内涵一直是暧昧的，事实上，有学者认为魔法包括了占星术和炼金术，但若是包含关系，则必不能成为平行关系，故这就与它们作为平行范畴的现实产生了矛盾，因此三者必定有共同点，也有不同点，这个不同点就给了本书反向定位魔法真正含义的必要性，因此有必要疏通三者的含义，找出不同点。

另一方面，在莎士比亚的戏剧中，我们能看到多种多样的魔法，如《仲夏

---

① 有学者认为莎士比亚读过国王写下的《恶魔学》，了解了国王对巫术的痴迷，且国王对自己是班柯的后人深信不疑，因此专门用三女巫对麦克白的致敬重现了詹姆斯一世和安妮王后前往牛津大学时给他们表演的欢迎剧，后世人猜测这本欢迎剧可能落到了莎士比亚的手里。(傅光明.《麦克白》的"原型"故事及"魔幻与现实"的象征意味[J]. 东吴学术，2017(2).)

② 这部剧在当年首演的时候，饰演麦克白夫人的演员猝死在了后台，麦克白夫人这个角色不得不由莎士比亚自己扮演，后面每一年演出都事故频发，因此《麦克白》成为了剧场的禁忌。

③ [美]查尔斯·B. 施密特、[英]昆廷·斯金纳. 剑桥文艺复兴哲学史[M]. 徐卫翔译. 上海：华东师范大学出版社，2020：289.

夜之梦》中的仙后与精灵的魔法，以及囊括在《麦克白》《暴风雨》等作品中的魔法师、女巫等实施的魔法，这些魔法一直未能被很好地区分，而《哈姆雷特》中的鬼魂是否魔法使然也未予说明，且莎士比亚在魔法书写之中又穿插占星书写，在台词的字里行间流露出炼金术的隐秘意识，他的台词中，巫术和魔法同时出现，女巫与精灵交织不断，故区分属于神秘学概念的魔法、占星术、炼金术三者的边界，考察魔法与巫术是否能被视为一物以及区分莎剧中的两类魔法哪一类属于本书真正的研究对象就显得尤为重要，魔法与超自然因素如鬼魂的区别在何处，为什么不能将魔法统一在其他超自然因素中分析，若不进行有效区分，则没办法梳理作为概念和书写对象的魔法的真正含义。

二、国内外文献综述

“不同时代、不同地点的不同的人对莎士比亚的观点，是过去三百年来变化与发展的欧洲文明不可或缺的一部分。”①自莎士比亚横空出世，震惊世界，对于其伟大的戏剧创作的翻译和研究就一直是文学研究领域内的热门话题、前沿问题。莎学研究就此走向了它的繁荣之旅，莎士比亚本人及他的戏剧也在不断的研究中增加深度与厚度，关于莎士比亚其人及其戏剧的翻译与研究早已琳琅满目，学者们都在各个方面为莎学研究做出了重要的贡献，莎学研究也在一次次的重新解读、理论升华中走向一个个高峰，并随着时代的变化发展出了不同的形态和模式，所以在以本选题的关键词为主进行综述前，我们有必要对莎剧总体的研究进行简要的回顾。

在国外，20 世纪前的莎士比亚作品的研究主要是从翻译开始起步。18 世纪时，法国新古典主义的代表伏尔泰在《哲学通信》中翻译了《哈姆雷特》的著名独白“生存还是毁灭”，这为后续莎士比亚法语译本的蔚然大观拉开了序幕。1745 年拉·普拉斯出版了两卷本莎士比亚法语译本。1776—1783 年，皮埃尔·特纳以散文体翻译的莎士比亚的法语译本陆续出版并大规模流行，杜锡斯

---

① 谈瀛洲.莎评简史[M].上海：复旦大学出版社，2005：5.

译本在特纳法语译本的基础上，对《哈姆雷特》等六部戏剧按照三一律的要求进行改编，使之符合 24 小时内演完剧情的要求。借由法语在当时欧洲知识分子间的地位和法国新古典主义的影响力，特纳译本和杜锡斯译本在欧洲广为流传，直到 1872 年，雨果译本（文学家雨果的幼子翻译）出版前，特纳译本都是印数最多的全集译本①。

新古典主义莎评主要依据古希腊罗马的戏剧理论来评价莎士比亚，这一时期的批评家大多推崇"三一律"，援引亚里斯多德、贺拉斯等人的戏剧理论来评论莎剧。伏尔泰对莎剧中呈现出的悲剧和喜剧要素交杂的面貌表示反感。约翰逊认为莎剧中的娱乐性太多而教育意义不足，因此，莎士比亚法译本虽然对整个欧洲的翻译和文学影响深刻，但对法国自身文学观念的影响却十分有限，直到雨果之前，法国文学都没有将莎士比亚乃至整个英国文学作为伟大的文学作品看待②。

值得一提的是，莎士比亚的"世界性发现"来自德国，施莱格尔-狄克译本的五音步抑扬格译本对莎士比亚的研究产生世界性轰动影响，施莱格尔对于莎士比亚戏剧的翻译及其辩护，确定了译者本人的浪漫主义道路。施莱格尔兄弟作为德国浪漫主义学派的代表人物，也使莎士比亚翻译和研究成为了德国文学传统的重要部分。伴随着"狂飙突进"运动，德国浪漫主义时期莎剧翻译与接受研究发展得十分成熟，浪漫主义莎评对新古典主义的原则进行了重新审视。莱辛认为，新古典主义者对亚里斯多德戏剧理论的解读存在诸多问题，作家和批评家不应拘泥于戏剧法则，而应注重戏剧效果。与那些仿古之作相比，莎剧明显更能打动人心。施莱格尔亦指出，古希腊的戏剧固然好，但莎士比亚那种新型戏剧亦有伟大之处③。自此，莎士比亚传遍欧洲，并深刻影响了欧洲各国

---

① Ton Hoenselaars. *Between Heaven and Hell Shakespearian Translation*, *Adaptation and Criticism from a Historical Perspective* [J]. The Yearbook of English Studies. Volume 36. Number 1. 1 January 2006. pp. 54-55.

② 刘云雁. 朱生豪莎剧翻译——影响与比较研究 [D]. 浙江大学，2011：4.

③ 谈瀛洲. 莎评简史 [M]. 上海：复旦大学出版社，2005：42-54.

的文学革新。英国的科勒律治、德国的施莱格尔兄弟、海涅、莱辛、法国的雨果等人的莎士比亚评论都是浪漫主义运动的直接推动力量，并以其截然不同的解读方式，在民俗化、韵律学、人文精神等角度都提出了浪漫主义宣言。因此，浪漫主义莎士比亚的翻译与文学研究一直是欧洲学界的研究重点。

20 世纪以来的西方莎士比亚戏剧批评呈现出研究角度多元化的特征，与文艺理论结合紧密。精神分析学派的代表人物弗洛伊德，用俄狄浦斯情结解读哈姆雷特，产生巨大影响。历史主义批评从伊丽莎白时代的政治、思想、文化和戏剧传统，将莎士比亚还原到他自己所处的时代，了解莎士比亚的思想观念，进而理解莎士比亚的戏剧艺术。对莎士比亚的新历史主义、女性主义、文化唯物主义的解读也接连出现。

不同于欧洲诸国需要通过莎士比亚翻译研究获得共同话语和欧洲身份认同，中国的莎士比亚翻译始终贯穿着中国近现代史白话文学传统的形成和成熟过程，是真正意义上的翻译文学而非文学翻译，具有极强的内指性。中国的莎士比亚戏剧译介开始于 20 世纪初。1916 年林纾与陈家麟合作，用文言文以小说的形式复述翻译了五部莎剧，分别是《雷差德纪》《亨利第四纪》《凯彻遗事》《亨利第六遗事》和《亨利第五纪》。1921 年，田汉翻译出版的《哈孟雷特》是首部白话文莎剧译本。莎剧译者中，比较重要的两位翻译家是朱生豪和梁实秋。朱生豪从 1935 年开始翻译莎剧，至 1944 年病逝，共完成 31 部。梁实秋从 1930 年开始翻译莎剧，是最早独立翻译莎士比亚全部剧本的翻译家。

国内关于莎士比亚的研究最早可以追溯到 20 世纪二三十年代，以鲁迅为首的文人出于政治和社会改良需要，十分推崇莎士比亚，借此来表达社会政治主张。茅盾对莎士比亚的评价则出于政治实用主义，其《莎士比亚与现实主义》(1934 年)是中国人首次介绍马克思和恩格斯对莎士比亚的评论，并对莎士比亚剧作的内容和思想进行了深刻的分析。在此文中，茅盾沿袭马克思恩格斯的评论，对莎士比亚是现实主义作家进行了论证。他认为，莎士比亚在剧作中刻画的世界不是空想性的，而是现实性的。这是马克思主义莎评直接服务于中国的现实和文学创作的开端，也确定了中国的莎学研究基调，对当时及后来相当长一段时期中国的莎学批评实践产生了重大影响。在此后相当长的一段历史时期，中国莎学研究都十分强调莎士比亚的现实主义意义和人民性①。

到了 20 世纪 80 年代，关于莎士比亚的研究逐渐走向多元化，从思想认识上，逐渐从单纯强调莎作的人民性转向对莎士比亚及其创作全面、多角度、多层次理解与认识，一系列莎士比亚研究文集整理出版，比较重要的有《莎士比亚评论汇编》(1979)、《莎士比亚悲剧论痕》(1989)、《莎士比亚引论》(1989)、《莎士比亚绪论》(1991)、《莎士比亚辞典》(1992)等，全面推进了莎士比亚研究的系统化、整体化，从早期的翻译、介绍性引进走向了体系性研究。

21 世纪以来，莎士比亚批评史的研究更加丰富，这体现为研究者们倾向于对莎士比亚评价的历史脉络进行比较全面的梳理，并对莎士比亚作品的研究进行深入探讨，如谈瀛洲的《莎评简史》(2005)、李伟民的《中国莎士比亚批评史》(2006)、贾志浩的《西方莎士比亚批评史》(2014)、辛雅敏的《二十世纪莎评简史》(2016)等。另外还有专论某一类型莎评的著作，如《莎士比亚喜剧批评在中国》(2006)、《当代英美的马克思主义莎士比亚评论》(2009)等。而关于莎士比亚戏剧作品本身的研究，比较具有代表性的作品则有《莎士比亚研究十讲》(2005)、《莎士比亚与圣经》(2006)、《莎士比亚笔下的王者》(2007)、《政治哲学中的莎士比亚》(2007)等。

综上所述，通过简略回顾国内外莎剧研究趋势，可以看出国内外的莎士比亚戏剧研究总体趋势为从宏观到微观，从对莎翁经历及作品的粗略概述到对主题的深入挖掘，从对文本细读的比较分析到对不同体裁改编和原著的互文性分析，从对单个剧本艺术特色、范式研究走向对作品与社会、历史、文化相结合的综合性研究，且研究角度逐渐特色化，跨学科性愈发明显，目前已经包含有语言与翻译研究、主题与艺术特征研究、形象与元素研究、比较与传播研究、跨媒介与改写研究等多种范畴，这些多元化、多视点、纵深化的研究特点为本

---

① 温松峰．二十世纪二三十年代中国莎士比亚研究综述[J]．华北水利水电大学学报
(社会科学版)，2015(2)．

书的选题奠定了较好的研究趋势基础，但综合来看，从神秘学角度对莎剧中的魔法元素做系统分析的研究思路较为单一，目前涉及莎剧中魔法元素研究的成果大多是将其统摄在"超自然"这个较大的范畴内，和鬼魂、精灵等非现实性元素进行并列研究，对魔法本身进行初步概念性定义并以此对莎剧中的魔法元素进行分析的研究相对较少。有鉴于此，本书以"魔法"为综述原点，主要从以下两大方面进行选题的文献综述。

（一）国内外文艺复兴时期的"魔法"研究综述

本选题的第一层为"魔法"，此为本研究的重要角度。文艺复兴时期上承古希腊罗马时期的神秘学渊源，综合了犹太教卡巴拉思想，且随着思想家们对古代"异教"的综合、神秘学团体的推动以及基督教思想的融入，众多思想的融会贯通造就了西方魔法理论的基本参考资料①，因此有必要对关于文艺复兴时期"魔法"及"魔法"书写的研究进行详细考察，经过对中外文献的梳理，主要包括三个角度：魔法背后的哲学思想角度、魔法的社会文化分析角度、"魔法"意识对莎士比亚的影响角度，以下将进行分层论述。

1. 魔法背后的哲学思想研究

一部分学者从分析魔法背后蕴含的哲学思想角度出发，尝试对文艺复兴时期的神秘"魔法"做出哲学理论性的溯源与解释。

研究文艺复兴时期神秘学的重要学者弗朗西斯·耶茨于 1964 年出版《乔尔达诺·布鲁诺与赫尔墨斯主义传统》，此书将文艺复兴时期的魔法师费奇诺、皮柯、阿格里帕等引入了人们的视野，并且将自然魔法、占星术、炼金术纳入研究的范围，并在其较为重要的著作《伊丽莎白时代的神秘哲学》中论述了伊丽莎白时代的主要哲学是与魔法、巫术相关的神秘哲学。它渗透到知识、经

---

① ［荷］乌特·哈内赫拉夫 . 西方神秘学指津［M］. 张卜天译 . 北京：商务印书馆，2018：31.

验、科学和精神的较深层面①。

　　值得一提的是，耶茨认为文艺复兴时期著名的神秘学家皮柯·米兰多拉所倡导的魔法是一种"人作为魔法师"作为理念的操作性活动，更着眼于对于世界的操控②，这有力证明了本书所论述的魔法师之重要作用以及魔法的操作性结论，故可知这种神秘哲学对莎士比亚及同时代的作家产生了重大影响，具体的影响在于他们在创作之中有意或无意地将神秘哲学的元素渗透在作品中，并将魔法的"操作性"以不同的形式进行显现，这使得他们的作品成为文艺复兴时期神秘哲学的具体呈现，而这更有力地佐证了文艺复兴时期魔法思想的深刻性，为本书提供了论述的可靠性与神秘哲学思想的素材。

　　汉斯-马丁·基恩提出文艺复兴时期广为流传的"白魔法"与"黑魔法"实质是一种自然魔法理论的连续性的问题，这是一篇详细地将文艺复兴时期与黑白魔法结合探讨的论文，它论述了魔法背后反映出西方中世纪沿袭至今的隐喻解经学与后世的哲学诠释学传统，这些自然魔法被合法命名为自然哲学的一部分，因此这体现出魔法的可分类性、可阐释性与一定的哲学色彩，故此为本书后续对魔法的分类阐释提供了可行性以及从文艺复兴时期魔法师们的哲学思想方面思考的角度。

　　约翰·鲁姆里希评述了阿曼多的《撒旦的修辞学：文艺复兴时期的恶魔学研究》，反映了文艺复兴时期的恶魔学作为黑魔法的一种理论综合，可以在现象学领域里作为胡塞尔现象学的一个研究主题，这启示了魔法可以和怀疑主义与超自然联系在一起的研究路径，探求魔法的系统性知识体系，故此角度揭示了对魔法进行初步的体系性辨析的重要性，更强调了魔法的知识性，而并非完全的神秘性，这也为本书中的驱魔之分析提供了参考。

　　中国学者吴功青的《魔化与除魔：皮柯的魔法思想与现代世界的诞生》是

---

①　Frances A. Yates. *The Occult Philosophy in the Elizabethan Age* [M]. London: Routledge&Kegan Paul Ltd. 1979. p. 84.

②　吴功青. 魔化与除魔：皮柯的魔法思想与现代世界的诞生[M]. 北京：生活·读书·新知三联书店，2023：21.

魔法与魔法背后的哲学思想的最新研究成果，他以魔法师约翰·迪伊的魔法思想为研究对象，重点论述了自然魔法的实施过程以及背后的自然哲学思想和卡巴拉魔法与魔法带来的灵魂升迁，进而论述了魔法、神学、现代科学的三重交融与矛盾，并且提出这种魔法的"除魔"是现代性的开端，以及现代性世界背后的三重危机①，约翰·迪伊是文艺复兴时期最重要的魔法师之一，而此著作剖析了他的魔法思想，亦为本书分析魔法师普洛斯彼罗提供了路径的参考与自然哲学之依据。

中国学者谷裕的《〈浮士德〉学者剧中的魔法和炼金术——兼谈近代自然科学之发轫及问题》②中谈到了歌德的《浮士德》客观再现了自然魔法和炼金术在 16 世纪至近代早期的形态，这种自然魔法充分暴露、脱胎于经院和形而上学的经验和自然科学，因此这在一定程度上澄清了魔法的一些神秘色彩，也为后续分析魔法的神学色彩给予了个案的支撑。

中国学者王恒的《托马斯·莫尔与毕达哥拉斯主义——对〈乌托邦〉的一项新解释》中认为托马斯在创作《乌托邦》时受到了毕达哥拉斯神秘哲学的影响，而毕达哥拉斯形象具有的戏剧性变化是通过"自然魔法"实现的，文章认为皮柯和卢奇安笔下的毕达哥拉斯，与其说是伊拉斯谟描述的作为基督先驱的先知和圣徒，不如说是精通"自然魔法"或"精灵魔法"的魔法师③，从而将自然魔法与魔法师的分析融为一体，再一次证明了在文艺复兴时期的魔法思想中，魔法师本人的作用也相当重要。托马斯·莫尔本人为文艺复兴时期杰出的人文主义者，在他的作品中出现了神秘的毕达哥拉斯魔法思想，故可以推断同为文艺复兴时期杰出作家的莎士比亚本人的作品中必定也会出现和魔法的联系，这再一次夯实了本选题的必要性，也为本书后续分析普洛斯彼罗这位典型性的魔法

---

①　吴功青.魔化与除魔：皮柯的魔法思想与现代世界的诞生[M].北京：生活·读书·新知三联书店，2023：299.

②　谷裕.《浮士德》学者剧中的魔法和炼金术——兼谈近代自然科学之发轫及问题[J].长江学术，2019(4).

③　王恒.托马斯·莫尔与毕达哥拉斯主义——对《乌托邦》的一项新解释[J].政治思想史，2022，13(1).

师提供了参考。

综上所述，可以肯定的是，"魔法"是古希腊时期形而上学和中世纪经院哲学发展的产物，文艺复兴时期，摆脱了经院哲学之后，它成为自然哲学的一个重要部分，而随着自然哲学的不断发展，魔法又成为后世科学的先声，以上学者的研究充分证明了魔法的神秘性、可操作性、可分性、可阐释性，也体现了魔法师这个角色的重要性。故由此可知，"魔法"具有非常深刻的哲学背景，属于文艺复兴时期自然哲学的重要研究对象，深刻启发了后世的哲学诠释学、现象学，甚至成为研究文艺复兴思想的重要参考依据。由此可知，此角度为本书提供了以文艺复兴时期自然哲学理论分析"魔法"在莎剧中进一步隐喻的可能性与可靠性。

2. 魔法的社会文化分析研究

另一个角度是侧重于分析"魔法"的社会文化，尝试从社会学以及历史文化的角度解读魔法。

韦恩·舒马克评述的《瑞金纳德·苏格兰与文艺复兴时期关于巫术的写作》一文中认为原作提供了对魔法的评论，强调了原文对话的关键部分讲到了作者曾经遇到的两个医生，他们显然练习了恶魔精神的召唤，尽管他们声称是与天使交流，但仪式魔法总是受到怀疑的。其中值得注意的是原作提到了当时魔法书籍被普遍地流通使用①，这进一步证明了魔法需要实体的媒介，特别是魔法书籍这类被印刷出来的作品，而魔法书籍在一定程度上呼应了莎剧《暴风雨》中普洛斯彼罗的魔法书，这也为本书分析普洛斯彼罗的魔法书提供了重要来源。

简·马奇尔森评述的《中世纪和文艺复兴时期意大利的古典文化和巫术》中对意大利方剂会观察家在促进巫术信仰和迫害方面进行了有价值的分析，他指出巫术文化和巫术信仰在文艺复兴时期具有世俗性和普遍性，但是在后期，

---

① Wayne Shumaker. *Reginald Scot and Renaissance Writings on Witchcraft*[J]. Renaissance Quarterly. Volume 39. Issue 2. 1986. pp. 323-325.

魔法便陷入观念的纠缠与王权、科学结合之中①，世俗性和普遍性正是文艺复兴时期魔法的重要历史特点，而作者所述的魔法与观念、王权、科学的结合与纠缠为本书第三部分分析魔法的隐喻的相关内容做了观点上的铺垫。

　　就如选题缘由部分所述，学者们经常将魔法与"巫术"混为一谈。中国学者曾早垒、刘立辉发表的《神圣与世俗之间——克里斯托弗·马洛〈浮士德博士的悲剧〉与欧洲巫术文化传统》立足于巫术角度，证明了浮士德博士是一名黑巫师的身份，也提及文艺复兴时期的人文知识分子对魔法的态度，他们试图将神圣的宗教信仰与世俗的个体力量相结合，以顺应时代的要求。马洛以文艺复兴时期人们对巫术的普遍看法作为戏剧结构，将浮士德刻画为一个黑巫师，使其从头至尾都似乎身处于巫魔会之中，魔鬼靡菲斯特为其服务的24年就有如一个长达24年之久的巫魔会仪式②。此研究再次着眼于浮士德博士这个著名的文学典型形象，试图分析浮士德博士本身代表着神圣信仰与个体能力的结合，尤为值得注意的是他们论述了黑魔法实施所需要的身处环境以及仪式，这为本书后续分析魔法的场所性提供了参考，但需要指出的是，学者们并未对巫师和魔法师、巫术与魔法进行有效的区分，这导致了概念的混乱。

　　总体而言，学者们深刻分析了文艺复兴时期具有浓厚的巫术传统，它深入当时社会文化的多个方面，比如医学、印刷术、文学创作之中，特别是印刷术在魔法研究中起到重要的作用。在对魔法的社会文化进行分析的过程中，魔法的术语出现了一定的混乱，虽然学者们使用"巫术"这个概念，但是不难看出在概念层面，"巫术"和本书研究的"魔法"具有非常大的重合，遗憾的是学者们并未详细区分"魔法"与"巫术"，这也体现了澄清概念和统一术语的必要性，也给本书的立论以足够的研究空间。

---

　　① 　Jan Machielsen. *Classical Culture and Witchcraft in Medieval and Renaissance Italy* [J]. The Journal of Ecclesiastical History. Volume 70. Issue 4. 2019. pp. 874-875.
　　② 　曾早垒，刘立辉. 神圣与世俗之间——克里斯托弗·马洛《浮士德博士的悲剧》与欧洲巫术文化传统[J]. 外国语文，2013(8).

3. "魔法"意识对莎士比亚的影响研究

前两个角度分别综述了魔法背后的哲学含义研究与魔法的社会文化研究，这两者均为一种意识因素，故还需论述这种意识因素与莎士比亚思想的关系，因此第三个角度是研究文艺复兴时期的文学巨匠莎士比亚受到的"魔法"意识的影响。

琳达·伍德布里奇在《土星的镰刀：莎士比亚和魔幻思想》中指明了莎士比亚试图在传统的魔法信仰与文艺复兴时期的魔法信仰之间寻求平衡。魔法信仰盛行的中世纪传统以及"人作为魔法师"的普遍信仰暗示了人类具有超自然代理实施魔法的可能性。有时是借助神意或恶魔力量，有时是通过魔法文字实现全部的意愿力量，文艺复兴时期魔法的魔幻思想是这种信仰的无意识残余，它的存在是为了建构体验，即使真正的魔法信仰在个人内心已经衰退①，莎士比亚所寻求的魔法实质是一种信仰平衡，也就是在传统的神秘与现实的科学中达到和谐与平稳的过渡。但莎士比亚又在这个新旧交替的特殊时间节点中不可避免地受到传统与现代的影响，因此在他的作品中体现为他对"魔法"有着双重态度——无意识的信赖和有意识的恐惧，这为本书分析莎剧"魔法"的隐喻含义之观念的冲突与复合提供了清晰的方向。

贝瑞隆·大卫曾发表《文艺复兴魔法与黄金时代的回归：约翰·梅班的〈神秘传统与马洛、琼森和莎士比亚〉》一文对约翰·梅班的这本叙述马洛、琼森、莎士比亚的文学中的神秘传统的专著进行评述，并着重分析三位杰出戏剧家的作品——马洛的《浮士德博士的悲剧》、琼森的《炼金术士》、莎士比亚的《暴风雨》②，由此可见在现代评论家的眼中，马洛、琼森、莎士比亚都代表着文艺复兴时期神秘学传统的创作高峰，作者重新评价神秘主义哲学在文艺

---

①　Linda Woodbridge. *The Seythe of Saturn：Shakespeure and Magical Thinking* [M]. Urhana and Chicago：University of Illinois Press. 1994. p. 12.

②　Bergeron David M. *Renaissance Magic and the Return of the Golden Age：The Occult Tradition and Marlowe，Jonson，and Shakespeare by John S. Mebane* [J]. Comparative Drama. Volume 24. Issue 4. 2016. pp. 379-381.

复兴时期的思想和文学中的重要意义，指出英国文艺复兴时期的思想家和艺术家深受魔法和神秘主义的吸引，证明了莎士比亚在他的创作中隐晦地融合了这种来自玫瑰十字会的被约翰·梅班称为"玫瑰主义"的魔法。由此可看出，莎士比亚有意在《暴风雨》中借普洛斯彼罗的神秘魔法恢复"失落"的传统——对永生的追求，对被禁止的知识的自我解禁，但他又不得不面对魔法退却以及失灵的困境，导致他笔下的魔法饱含了矛盾与冲突，又隐藏着他思想上的妥协。

综上所述，莎士比亚受到了文艺复兴时期带有神学、科技相交杂的"魔法"意识的深刻影响，并且在他的创作中也深刻体现了这种思想影响之下的魔法之复杂性，这种复杂性在于他基于文化传统的习惯性依赖，但与此同时，又面对着传统的失落，故他对此抱有失望之情。于是，他希望通过"魔法"的瑰丽与神秘恢复神学鼎盛的传统，但又因为处于科学与神学思想相互起伏的时代，他不可避免因为新兴科学观念的争鸣而对魔法有意识地恐惧，故他在戏剧中描述的"魔法"有纯净的一面，也有黑暗恐怖的一面，这种魔法既能转变命运，救人于水火，同时也能将人置于毁灭的境地，这暗示出文艺复兴的莎士比亚处于一个新旧交替、各种价值观冲突的特殊时代，也为后文分析莎士比亚戏剧中魔法代表双重观念的冲突与复合提供了坚实的参考。

（二）国内外莎士比亚戏剧中"魔法"书写研究综述

本选题第二层为莎士比亚戏剧中的"魔法"，如前所述，文艺复兴时期大量的神秘学思潮所带来的魔法文化给莎士比亚及他的创作产生了重要的影响，而国内外文献的搜索结果也表明了人们对莎士比亚戏剧中的魔法书写进行了一定的研究，以下将从莎剧"魔法"的文化分析角度、莎剧"魔法"媒介研究角度分层综述：

1. 莎剧"魔法"的文化分析研究

第一个角度是分析莎士比亚剧作中"魔法"在文艺复兴大背景之下的文化含义。

芙蕾雅·蒂特兰的《魔法与莎士比亚：时代的象征》探讨了莎士比亚作品中所使用的魔法是如何直接代表了他所生活的时代，并考察了关于魔法、巫术和莎士比亚同时代人的各种非自然事件的各种书面描述①。尤其需要指出的是文中提出的莎士比亚书写的魔法就是他所在时代的写照这一论断，基于此，作者更为鲜明地提出了时代孕育了莎剧中的魔法的观点，"魔法"的文化含义在她看来不仅是文艺复兴时期特殊文化交融的代表，也是神学权力和技术变革的争论，还有一些君主主义者不愿看见自然哲学被推翻所导致的精神反扑。神学与技术的争论本身也是文艺复兴时期的主要思想争论之一，故此研究为本书后续分析神学与科学的关系铺垫了基础。

佩吉·穆诺兹·西蒙斯的《音乐的甜蜜力量——莎士比亚〈暴风雨〉中"奇迹般的竖琴"的政治魔法》中首次从音乐在魔法中的使用的角度分析莎士比亚戏剧《暴风雨》中的魔法书写。他用俄耳甫斯的竖琴与普洛斯彼罗的魔法能力阐明了在《暴风雨》中，普洛斯彼罗不仅象征着俄耳甫斯，他使用的魔法也能象征着放弃俄耳甫斯所用的魔法，普洛斯彼罗将他的魔法书沉于海底象征着他放弃的一种粗糙的魔法，这种对魔法的放弃同时还象征着领导他人所必需的自然之神力②。故在此"魔法"的文化含义又凸显出了它背后的音乐性，暗示了莎剧中的魔法可以靠音乐进行施法，因此国外学者留意到了自然哲学中的音乐在莎士比亚戏剧中的巨大作用，这是除了上文论述的"魔法书籍"之外的另一种魔法媒介，虽然此研究并未被划分为莎剧中魔法的媒介，但这种视角为本书在后文分析音乐作为莎剧魔法的特殊语言媒介，以及它所具有的引导性作用提供了较为可靠的支撑，本书将莎剧中与魔法相关情节里出现的音乐划分为魔法的媒介之一，亦是受到此研究的启发。除此之外，此研究将普洛斯彼罗与俄耳甫

---

① Freia M. Titland. *Magic and Shakespeare*：*A Representation of the Times*［D］. Regent University（School of Communication and the Arts）. 2018. pp. 23-39.

② Peggy Muñoz Simonds. "*Sweet Power of Music*"：*The Political Magic of "the Miraculous Harp" in Shakespeare's The Tempest*［J］. Comparative Drama. Vol. 29. No. 1. Emblems and Drama（Spring 1995）. p. 84.

斯进行了象征类比，更加强调了魔法之神力是通过伟大的魔法师的实施而具有神力的。

　　中国学者陈雷发表了《〈暴风雨〉中魔法的含义》，文中认为"魔法"不只是普洛斯彼罗个人的力量，更是戏剧的魔力，普洛斯彼罗的魔法从寻求复仇转向寻求和解，而这也代表着莎士比亚戏剧的魔力开始逐渐消退①。值得一提的是这里的"戏剧的魔力"为本书分析"魔法"提供了新的视角，提出了"魔法"神力的新的含义，即在实际的演出之中通过戏剧表演而起作用，莎士比亚的戏剧一方面属于文学作品，另一方面也是舞台演出的脚本，因此在综合分析文本中的"魔法"时，也必须设身处地代入读者的角度思考"魔法"的实施也是通过剧场空间的放大从而体现了冲击性与神秘性，而这同时也为本书后文分析魔法实施的地点场域提供了实际的视角。

　　2. 莎剧"魔法"媒介的研究

　　另一个角度是聚焦于对"魔法"起效的媒介的分析，学者们集中分析了两类媒介：语言媒介和场所媒介。

　　（1）语言媒介

　　一方面是女巫的语言带来的灾难性后果，例如弗兰克·麦吉尼斯的《疯狂与魔法：莎士比亚的〈麦克白〉》中阐述了魔法——特别是邪恶的黑魔法最终会导致针对自我，从而走向自杀的最大罪行②。文章认为麦克白最终瓦解的原因是他拒绝这种道德选择的暴力，转而去屈服于女巫的声音，而这种来自女巫的语言会让麦克白开始听到另一种语言——黑魔法的谋杀语言，这造成了麦克白走向杀害国王最后自杀的灾难性行为。这里再一次将黑魔法与杀戮、自我毁灭联系在一起，也再一次证明了莎士比亚至少在《麦克白》的创作中加入了黑魔法的相关内容，另外，此研究提出的"道德选择的暴力"中提到了麦克白本身在道德的漩涡中挣扎，而这也可以看作莎士比亚面对魔法的矛盾心理，他认同

---

　　①　陈雷.《暴风雨》中魔法的含义[J]. 英美文学研究论丛，2002(1).

　　②　Frank McGuinness. *Madness and Magic*：*Shakespeare's Macbeth*[J]. Irish University Review. 45. 1. 2015. pp. 69-80.

魔法的玄奇，但也担忧引人悖理道德的邪恶魔法，这也为本书后续分析莎士比亚本人认为魔法需要具有道德性提供了前提。

　　库尔特·特策利·冯·洛萨多的《神圣的标志：贝尔、格林和早期莎士比亚作品中的宗教和魔法》中将语言媒介视为宗教当中的神圣话语，而所有的魔法仪式都是神圣话语构成的结果，神圣的话语构成并限制了魔法的作用，因此在这里语言成为魔法实施必不可少的媒介，语言可以使得魔法的效力达到最大化，并且有时能够对魔法进行限制，这为本书分析莎剧中的语言媒介提供了重要的启示，即莎剧中的魔法必须考虑其语言问题，不只是因为它作为一种戏剧书写对象通过语言文字来表达，而且它也是魔法实施的重要一环。

　　（2）场所媒介

　　值得关注的是，上文中的学者库尔特除了语言媒介外，还提出了场所媒介，他说："牧师的祭坛、讲坛、君主的宝座、印刷工的工作室、学者的研究室、科学家的实验室、魔术师的圈子、剧作家和玩家都是这个巨大文化魔法中最重要的场所。"①由此可见，学者们同样注意到了莎剧中魔法的实施还需要具体的场所，并且他点出了剧作家与玩家也都是这个魔法场所的一环，亦即莎士比亚戏剧之魔法与其表演性是分不开的，更加不能脱离剧作家与读者的参与，故此观点亦提示了"剧场"与"观众"也是这宏大魔法不可忽视之参与者。

　　中国学者胡鹏的《城市、驱魔与自我身份——〈错尽错觉〉中的巫术与宗教》也从场所出发，在其第一部分详细分析了剧中故事发生地——以弗所（Ephesus）和巫术以及宗教的关系，文章强调以弗所作为体现了基督文化和保留了超自然神秘信仰的城市，具有潜移默化引导人失去自我身份的能力②，因此能让小安提福勒斯迷失自我，这为本书分析"魔法"的具体场所媒介提供了依据。

――――――――――

　　①　Kurt Tetzeli Von Rosador. *The Sacralizing Sign：Religion and Magic in Bale，Greene，and the Early Shakespeare*[J]. The Yearbook of English Studies. Vol. 23. Early Shakespeare Special Number. 1993. p. 30.

　　②　胡鹏. 城市、驱魔与自我身份——《错尽错觉》中的巫术与宗教[J]. 国外文学，2011(4).

综上两点所述，首先，在对莎士比亚戏剧中的魔法书写进行的文化分析里，学者们从社会历史分析、书面资料整理、音乐与魔法思想等角度做了详细的研究，证明了魔法是新旧交替时期宗教神学和科学争鸣的产物，代表了那个特殊时代的风貌，然而，以上角度并未从概念的魔法入手进行有效的概念区分，但与此同时，学者们提出的戏剧中的剧场效应以及接受者之参与亦突出了魔法之神秘的观点为本书后续分析魔法实施所需要的空间媒介提供了新的思考。其次，在魔法媒介的分析里，学者们的研究可以被分为语言媒介和场所媒介，但他们所论证的媒介更多是为了分析文本，并不是将媒介作为魔法实施的一环进行因果性研究。值得肯定的是，学者们由媒介的分析得出语言造成了魔法打击的效果，并且场所为魔法的实施提供了环境前提这一重要的结论，他们还提到了魔法的道德性问题，而这也是本书将媒介作为魔法实施手段和魔法效果的重要参考。

目前，由文献综述可知，国内外学界已有较多学者关注到了莎剧中的神秘元素，比如女巫、预言、鬼魂、占星术，也有不少文献对莎剧中的"魔法"进行了分析，目前可以肯定的是：第一，莎士比亚戏剧中的"魔法"是文艺复兴时期作品中典型的描写对象，其背后蕴含着神学、哲学、科学的相互交杂与复合，这种复杂性体现了莎士比亚本人的矛盾；第二，文艺复兴时期的印刷品，例如魔法书对魔法理论的传播起到重要作用；第三，莎剧中的魔法强调魔法师的能力，这种魔法本身体现出了操作性，更体现出了转变结果的重要作用；第四，剧中的魔法之神力不仅仅源于魔法思想的深邃与莎剧的表现力，其中媒介的使用，以及表演、剧场、观众、读者也是魔法神力的重要来源。

但以上的研究均未从理论含义上有效地区分出"魔法"和"占星术"以及"炼金术"之区别，也不曾给出莎剧"魔法"的初步定义，且莎剧中其他的神秘元素与其中的"魔法"也具有一定程度的重合，关于这些概念的辨析也未给予系统的考察；再者，许多学者对于莎剧中"魔法"的分析大多停留在分析文本，并未真正深入研究其魔法的具体特点与魔法师自身的转变和魔法最终的效果，乃至魔法的隐喻含义，例如对于《暴风雨》中魔法师普洛斯彼罗的研究较多，但普洛斯彼罗本人魔法的转变过程并未被分析透彻；另外，学者们对于"魔法"的关注大多停留在《暴风雨》和《麦克白》之中，对《冬天的故事》则缺少相关的考察，故无论是莎士比亚戏剧本身的影响力，还是莎剧中的"魔法"概念及书写研究的空白之处，都决定了本书写作的可行性及必要性。

三、研究目标、章节简介、创新点、选题意义

本节将阐述本书的研究目标、章节简介、创新点、选题意义。

(一)研究目标

本书拟在前人研究基础上，以莎士比亚的戏剧为材料，以"魔法"为切入点，在文艺学、比较文学、文学人类学、历史学、宗教学、文献学多学科综合的基础上，重点对莎士比亚戏剧中的"魔法"书写从概念与研究对象的角度做出区分，并根据戏剧台词、文艺复兴相关哲学理论、神秘学理论尝试归纳出莎剧魔法书写的特点、魔法的实施过程及结果，魔法的隐喻含义。具体计划实现4个目标：

第一，区分出作为概念与莎剧书写对象的魔法，并且结合前人的分析、神秘学概念的定义、莎剧中的台词给出初步的理论定义和特点。

第二，在第一点基础上，分析莎剧中魔法的实施过程和结果。

第三，通过以上两点，结合其他的人类学、哲学理论文献作为辅助，参考文艺复兴时期的整体文化环境，尝试分析出莎剧魔法背后的隐喻含义，并进行理论归纳。

第四，通过对莎剧魔法的分析和理论归纳，进一步了解莎士比亚所在时期的文学文化传统及思想史内涵，深化对文艺复兴时期的认识。

(二)章节简介

第一章

本章以区分边界为关键词，旨在从理论概念界定的角度，参考西方文化史

中各流派、各思想家、理论家对"魔法"的定义，结合《西方神秘学指津》等理论著作，尝试具体界定本书所使用的魔法定义，以及用这个定义区分出本书的研究对象——莎剧中符合此定义的魔法。本部分第一节通过将魔法与魔法并列的神秘学概念：占星术与炼金术对比，梳理出彼此的共同之处与不同之处，反向定义魔法的内涵；第二节以第一节的概念为基础，区分出莎剧中精灵与仙子的魔法和魔法师与女巫的魔法中符合本书研究对象的一类魔法，并借此提出莎剧中魔法的两大特点：自然联应性、仪式性。

第二章

本章以媒介引导为关键词，重点对莎剧中魔法师与女巫类的魔法使用的媒介进行分类解读，拟将魔法媒介分为实体媒介、语言媒介进行研究。第一节为实体媒介，主要包括物件类与场所类。物件类媒介体现了浓缩性、联想性特点，囊括了符咒、魔蛊、身体部位、国王金章护身符、王后雕像；场所类媒介体现了边界性、群体在场性特点，囊括了以弗所、礼拜堂、海岛三个代表性场所。第二节为语言媒介，分析了诱惑性的女巫语言，并总结了女巫语言的两大特点：第一，不能被理解，像一种神秘未知的语言；第二，为邪恶的目的服务。音乐语言是莎剧魔法中使用到的与自然魔法媒介——俄耳甫斯颂歌音乐最为接近的媒介，它体现了正向的引导性特点。

第三章

本章以转变现状、观念的冲突复合为关键词，重点分析莎剧魔法的效果与背后的思想隐喻。莎剧中魔法的转变效果有两种表现：第一，由低转高，个人的思想与灵魂从低位转向高位，代表个人的顿悟，此为普洛斯彼罗个人的转变；《冬天的故事》中赫米温妮复活的魔法代表群体的转变，众人通过魔法而紧密团结在一起，魔法带给堕落的灵魂以救赎，最后达到感情与神性双重升华的效果。第二，由好转坏，代表为麦克白夫妇，这种转变的契机在于女巫的邪恶引诱，导致麦克白夫妇失去所有，但最主要的还是他们受到了内心邪念的驱使，而魔法造成的转变根本原因是因为他们本身的弱点——缺乏道德性，这就引入了莎剧魔法的思想隐喻之一——魔法代表着精神想象与道德伦理的冲突。

莎士比亚认同魔法的想象性效果，但对失去了道德性的魔法产生了深刻的忧虑，他坚持伦理的立场，不赞成过度想象的魔法。莎剧魔法的思想隐喻之二——魔法代表着神学传统与科学新知的复合，莎士比亚深受魔法的神学传统影响，期待找回过去辉煌的神学传统，但是他也在魔法书写中融入了他的思想立场，对魔法保持着微妙的审慎，与此同时，他也在戏剧中埋下了从隐秘的魔法走向现代科学的线索。

（三）创新点

1. 角度创新：对莎剧中的"魔法"进行多学科的具体分析

莎士比亚研究是文学研究中最为重要的研究主题之一，古今中外的学者分别从多种角度对莎士比亚及他的作品进行了分析，但较少有学者从文学人类学及神秘学理论的角度对莎剧中的魔法的隐含意义进行研究，也并没有尝试过以一个专门的关键词对相关的台词和剧情进行知性的归纳，故本书尝试进行经典问题的新角度阐释，即在文本分析的基础上以"魔法"为关键词，结合文艺学、文学人类学、神秘学等多种学科知识对魔法进行概念界定、魔法媒介、魔法效果、魔法隐喻的论述。

2. 观点创新：尝试提出"魔法"的隐喻性观点

查尔斯·唐宁曾认为，当我们试图探知莎士比亚的个性时，我们就是在探知世俗和信仰的合成体，质言之，创作反映时代和社会戏剧的莎士比亚不可避免地会在戏剧台词的字里行间显现他自身的思想，而在文艺复兴时代，多种思想的变更和万千思潮的涌动所带来的矛盾、悖论在作家们的灵魂中不断地流动，形成了一种多面而复杂的创作内涵，这种内涵深刻地影响和塑造了包括莎士比亚在内的英国人文主义者们的宇宙观、人生观，也重塑了他们灵魂深处的信仰。因此，本书在对"魔法"进行概念考察和文本分析的基础上，深究其纵深性的隐喻，从想象与道德的冲突，神学与科学的争鸣两大维度，综合地提出了"魔法"是莎士比亚本人思想与信仰冲突、复合的结果。

(四)选题意义

1. 有助于加深对莎士比亚戏剧的理解

从文学的视角来看,莎士比亚的戏剧是世界文学的宝库,如今依然在世界各国的文学中发生广泛而深远的影响,导演彼得·布鲁克如此评价:"在20世纪下半叶的英国,我们面临一个事实,即莎士比亚依然是我们的样板。"

莎士比亚凭借一己之力将英国文学带入辉煌,他的戏剧在文坛上大放异彩。他别具一格的选材构思、艺术创作手法、兼具热烈与冷峻的言语表达影响了无数的文坛同辈,时至21世纪的今天,他的戏剧仍然能从现代的作家、观众和读者那里得到多重的反响与呼应,人们仍然孜孜不倦地探索他的生命旅程以及他戏剧的意义,他代表着古典,同时也启示着现代。他的戏剧里展现了人生的广度与不同的生命旅程,如共赴生死的罗密欧与朱丽叶、爱情与国运相连的安东尼与克里奥佩特拉,展现了众多令人印象深刻的人物,如与贵族觥筹交错的文学典型福斯塔夫、发出人生之问的延宕王子哈姆雷特、具有魅力的女性们:苔丝狄梦娜、奥菲莉娅、拉维妮娅,展现了多种多样的戏剧环境,如皇家园林的气派、幻想世界的异彩纷呈,这些戏剧元素千百年之后仍然吸引着每一位读者。他的戏剧深刻展现了选材之广泛与内涵之深刻,因此从文学的意义来看,面对这个经典研究问题,"魔法"的角度同样代表着莎士比亚复杂创作思想和背后文化隐喻的结合,这会给我们带来不一样的莎剧体验,我们也能够加深对莎剧广阔内涵的理解。

2. 有助于从魔法的视角了解文艺复兴时期的文化

从文化的视角来看,文艺复兴的开放与自由让莎士比亚站在一个极高的角度进行他的戏剧创作,让他能够站在时代的高度观察和评价生活。

文艺复兴思想的碰撞让他能从古典和其他国家优秀作品中提取素材,权力更迭、经济繁荣、军事事件、海外贸易等为他打开了眼界,更重要的是随着美洲大陆被发现继而被开拓为殖民地,英国又成了世界的中心。英国人重新感受到了自己的重要和自身具有的力量,于是激发出了他们探索世界的热情。他们甚至对于自己那遥远、一度被冷落的方言也引以为豪，渴望着造就一种能与意大利文学媲美而接近于古罗马文学的英国文学，英语本身也在这个熔炉中进行淬炼，这正是这位戏剧家奏响人生华章的前奏。而中世纪以来的神秘学余波在文艺复兴时期得到了进一步的推进，除了人物、诗歌、绘画等角度外，我们还能通过神秘学和文学及人类学的角度剖析莎剧，从这个视角了解文艺复兴时期不为人知的魔法文化。

　　我们必须承认的是，如果我们的研究仅仅是对莎剧本身的台词、语言进行分析，则永远不能触砬到莎剧背后隐含的终极意义，但是，当我们尝试以"魔法"之角度切入，考察莎剧中人物自身的命运在超自然的魔法和冷酷无情的现实之间激列地冲撞、转变这个过程时，应当能借此看清"魔法"本身在莎剧中的具体定位，以及它所代表的莎士经亚本人的终极诉求，无论这种诉求在戏剧中表达出的具体内容是批判的还是赞美的，是坚定的还是游移的，都为我们进一步理解莎士比亚戏剧及文艺复兴时代文学文化的开放性价值提供了新的路径。

第一章 区分边界：概念的"魔法"
与莎剧的"魔法"

在西方的神秘学中，魔法与占星术、炼金术等概念并驾齐驱，却被始于希腊哲学家和教会之父的争论掩盖，相关概念之间有所关联也有所区别，而这些复杂的思想构成了西方思想史上一个连贯的传统①，因而梳理魔法在概念上的内涵尤为重要，且莎剧中的魔法与其他超自然元素并未得到较为清晰的区分，精灵、鬼魂、魔法等概念边界模糊。基于此，本章立足于"魔法"，试图分析作为一个理论概念的"魔法"以及区分同属于神秘学范畴的占星、炼金术与魔法的关系，再区分出莎士比亚戏剧所涉及的两类魔法中真正属于本书分析对象的"魔法"。

第一节 概念边界：作为神秘学概念的"魔法"

在本节中，我们有必要单纯地从概念的维度初步对"魔法"这个术语进行探讨。在西方文化史中，我们能看到诸多不尽相同有关"魔法"的表述。其中的一种是恶魔魔法，是犹太教和基督教"根据第一和第二诫命抨击异教偶像崇拜的直接遗产"②，这是一种试图将魔法邪恶化的看法，即认为任何形式的魔

---

① [美]查尔斯·B.施密特、[英]昆廷·斯金纳.剑桥文艺复兴哲学史[M].徐卫翔译.上海：华东师范大学出版社，2020：289.

② [荷]乌特·哈内赫拉夫.西方神秘学指津[M].张卜天译.北京：商务印书馆，2018：27.

法都是和恶魔接触产生的罪恶之力。另外的一种表述是自 11 世纪以来，大量出土的希腊罗马时期古代文献所体现的另外一种魔法，即自然魔法，自然魔法最大的特点是研究自然世界中的神秘力量，而这种力量是无法被科学解释的，人们将其他看不见的，也没办法用科学解释的力量包括进来，最终归为人的想象力以及恶魔之眼对人的重伤，因此，在很早的一段时期，魔法是一个徘徊在恶魔与自然之间的模糊概念。

在文艺复兴时期，学者们对"魔法"的研究达到了最高点，他们将魔法视为一种由人进行操作的实用的艺术，经过分析，学者们初步从性质上区分出黑白魔法，强调魔法具有影响他人意愿，改变现状以及通过物理性或者非物理性的攻击给受术者造成伤害的作用。例如皮柯就直接指出："有两种形式的魔法：一种可恶而荒谬，完全依赖魔鬼的行为和权能；另一种，如果考察仔细，不过是自然哲学的绝对完善"①，前一种就是与恶魔进行交易的黑魔法，后一种是自然魔法，但是他认为自然魔法是可以升华的，而自然魔法的升华就是卡巴拉魔法。正如他所说："卡巴拉魔法是对自然魔法的升华，是自然魔法最为完善的形态"②，亦即自然魔法在掌握自然的基础上，还可以往神性的层面升华。

魔法思想在后期被魔法理论家们扩充，重点着眼于引起变化这个效果，进一步通过阶位区分了上位魔法与下位魔法，上位魔法是接近于哲学、神学、天文的高级知识的魔法，也就是皮柯所说的卡巴拉魔法，它由掌握了相应神学、哲学、科学知识的魔法师操作，下位魔法更多属于自然魔法，偏重于从自然中汲取经验，以自然之中的动物植物作为材料媒介，由乡野间的人们口耳相传。上下位魔法都能够改变现实物质世界，只是前者偏重神性，后者偏重经验性，

---

① 吴功青. 魔化与除魔：皮柯的魔法思想与现代世界的诞生［M］. 北京：生活·读书·新知三联书店，2023：97.

② 吴功青. 魔化与除魔：皮柯的魔法思想与现代世界的诞生［M］. 北京：生活·读书·新知三联书店，2023：171.

而"巫术"可以被视为下位魔法的一种①，这种巫术主要指的是"邪术"，包括召唤精灵、信仰恶魔、有关人类生育和作物丰饶的符咒和仪式、有关枯败和死亡的符咒和仪式②。无论如何，这种区分深刻体现了涂尔干所说的"神圣的与凡俗的"③论断，神圣的魔法体现了宗教性的特点，指向上位魔法，也就是卡巴拉魔法；凡俗的魔法体现了自然性的特点，指向下位魔法，也就是自然魔法。而在涂尔干的理论里，自然的魔法就是巫术，是一种初级的法术，追求"功利方面的目的而不是思辨的目的"④，它还涉及魔鬼。

以上是魔法经过流变之后的初步定义，由此可知，魔法一词含义复杂且所涉繁多，有些内容还具有重合性，目前并没有一个具体的体系能够对其进行系统的梳理，但可以初步归纳出魔法的 3 个特点：第一，由人操作，特别是具有知识的魔法师进行操作；第二，引起变化，改变现状，不仅可以引起自然的变化，还能引起灵魂的变化；第三，可以通过性质、阶位判定类别，每一种魔法都具有不同的特点。

正因关于魔法的概念种类繁多，没办法通过正面的分析为其下定义，但是魔法与另外两个重要神秘学范畴——占星术、炼金术并列，因此这提示了我们通过对并列范畴之间的比较反向定义具有一定的可能性。事实上，魔法也确实不能脱离占星术与炼金术进行定义，因为对于中世纪的魔术师来说，魔法包括了古代的炼金术和占星术，但它最明显的特征是与灵魂合作，将魔法引入施行者的灵魂⑤，由此不难看出，三者具有共同点，也具有一定的区别，因此本节

---

① 英文原文来自 Michael K. D、Don K. *Modern Magick：Twelve Lessons in the High Magickal Arts*［M］. Llewellyn Worldwide Ltd. 2010.

② Rossell Hope Robbins. *The Encyclopedia of Witchcraft and Demonology*［M］. London：Peter Nevill Limitted. 1959. p. 547.

③ ［法］爱弥尔·涂尔干. 宗教生活的基本形式［M］. 渠东、汲喆译. 北京：商务印书馆，2011：45.

④ ［法］爱弥尔·涂尔干. 宗教生活的基本形式［M］. 渠东、汲喆译. 北京：商务印书馆，2011：52.

⑤ ［美］查尔斯·B. 施密特、［英］昆廷·斯金纳. 剑桥文艺复兴哲学史［M］. 徐卫翔译. 上海：华东师范大学出版社，2020：323.

将试图在区分三者的同时，尝试归纳作为神秘学概念的"魔法"的具体定义。

一、"魔法"与"占星术"

与魔法不同，占星术的性质是一种占卜活动，在罗马帝国最为强盛的时期，占星术是作为占卜活动和相关修习①存在，屋大维统治期间，就有记载有三位占星术士从东方前来，以便崇拜基督，于是占星术开始与基督教的修习紧密相连②，它作为一种知识理论存在，这里的知识理论特指如何根据未来的天体位形对事件的发生做出预言或者对采取行动的最佳时机做出选择，但也指通过解释一个人出生时的天宫图来了解其心理结构③。占星术的理论基础是占星学，是古代最全面的科学理论，大约在公元 2 世纪之前的埃及，占星学已经发展成为一种严格的因果论宇宙模型，许多将人类微观世界与宏观世界联系起来的神秘纽带都在占星之中④，占星师们利用天文地理知识试图根据天体的永恒重复旋转来解释世界的一切变化、影响⑤。

---

①　其他的占卜活动和相关修习如解读征兆、预兆、解梦、神谕，通灵术，预言术等。

②　［英］阿尔弗雷德等．盎格鲁-撒克逊编年史［M］．寿纪瑜译．北京：商务印书馆，2004：5.（注：本书未有明确的作者，中译本序言中指出本书的编写起始于 9 世纪之末，一位 12 世纪的编年史家曾指出，英王阿尔弗雷德（Alfred the Great）曾指使用英文写成一部有关当地的事件、法律、战役和从事战争的国王的书籍。阿尔弗雷德虽未必直接下令，但此书确实始撰于他在位期间，通常称为《阿尔弗雷德编年史》，除此之外，本书的材料来源多种多样，为了防止孤本重要文献档案的丧失毁灭，阿尔弗雷德国王下令添置复本分藏各处，这部编年史遂也交由受他护持的教堂和修道院分头保存和续编。续编的内容，一部分来自西撒克逊宫廷，另一部分则采自当地。因此各地所编撰的手稿所记内容大同小异，一些主要史实基本一致，而另外一些材料则因撰写人关注不同而各异。为保证规范及考虑到阿尔弗雷德的贡献，在此以英王阿尔弗雷德等人作为本书的作者。）

③　［荷］乌特·哈内赫拉夫．西方神秘学指津［M］．张卜天译．北京：商务印书馆，2018：135.

④　［美］查尔斯·B. 施密特、［英］昆廷·斯金纳．剑桥文艺复兴哲学史［M］．徐卫翔译．上海：华东师范大学出版社，2020：294.

⑤　David Pingree. *Hellenophilia versus the History of Science*［J］. Isis 83：4（1992）. p. 560；Lynn Thorndike. *The True Place of Astrology in the History of Science*［J］. Isis 46：3（1955）. p. 276.

占星术运用数学模型来预测因果世界中一切可能的变化，在亚里士多德自然哲学的基础上假定：土、水、火、气四大元素构成的月下世界是惰性的，无法自行运动，运动的第一因是恒星，它们被赋予了生命和智慧，通过一种被称为第五元素的无形介质影响月下世界①。或者说月下世界和月上世界通过一种宇宙万物内在的法则和知识彼此联合感应，占星术士们相信可以通过星象或者仪式将星辰的力量引导下来，而这被认为是一种"星辰魔法"，文艺复兴时期的魔法理论家斐奇诺认为这种星辰魔法和占星术是有区别的，前者是以"音乐咒语，以及自然对象的交感和符咒"②影响我们的世界，而后者则是单纯的观察星象，预测未来。这足以体现文艺复兴时期魔法和占星在神秘学理论中被紧密地联系在一起，魔法师阿格里帕也曾强调："魔法与占星术是如此的紧密联系，任何宣称魔法而忽视占星术的人都一事无成"③，他的《论隐秘哲学》对占星进行了详细的论证，第一卷讨论了与我们的月下世界有关的由四元素构成的一切事物；第二卷讨论了介于月亮与恒星之间的、与行星天球的"中间区域"有关的、更为抽象的实在；第三卷则讨论了宇宙球体之外的天使和神灵④，他认为这些变化牵涉着我们神性中最高世界的原型界与创造界的改变，这种改变也同时牵涉我们物质世界的改变，从而让我们走向物质世界与神灵合二为一的道路。

但是魔法和占星并不是同样的概念。占星术的性质是占卜活动，强调感应与预测，属于自然科学的范畴，而这种感应与预测和早期人们对自然的观察和宇宙的追问有密切关联，正因中世纪到文艺复兴时期生活过于动荡，人们就非

---

① ［荷］乌特·哈内赫拉夫. 西方神秘学指津［M］. 张卜天译. 北京：商务印书馆，2018：28.

② 吴功青. 魔化与除魔：皮柯的魔法思想与现代世界的诞生［M］. 北京：生活·读书·新知三联书店，2023：114.

③ ［美］查尔斯·B. 施密特、［英］昆廷·斯金纳. 剑桥文艺复兴哲学史［M］. 徐卫翔译. 上海：华东师范大学出版社，2020：288.

④ ［荷］乌特·哈内赫拉夫. 西方神秘学指津［M］. 张卜天译. 北京：商务印书馆，2018：36.

常希望得到上天的启示，通过对天体的观测寻找克服困难，解除危机的线索，历史上确实出现了许多次占星感应现象，但并不是所有的天象都能完全与我们进行感应，也不是所有的预测都能准确。在《盎格鲁-撒克逊编年史》中就多次记载早期典型的特殊占星迹象与天人感应迹象。

试列举如下表 1.1：

表 1.1　　　　《盎格鲁-萨克逊编年史》中记载的占星与感应

次数	年份	占星	感应①
1	664 年	发生日食	肯特人的国王厄康伯特逝世
2	678 年	出现彗星，放射光芒达 3 个月	威尔弗里德主教下台
3	729 年	出现彗星	奥斯里克国王去世，圣·艾格伯特去世
4	733 年	出现日食 太阳的圆环变得像一块黑色的盾牌	阿卡被赶出主教管区
5	734 年	月亮像血一样	大主教塔特温和彼得逝世
6	744 年	流星常现	曾任约克主教的威尔弗里德二世去世
7	776 年	日落后太阳中心出现一个红十字	蝰蛇伤人、麦亚西人和肯特人交战
8	789 年	天光	诺森伯利亚国王被杀
9	793 年	火龙在天空飞舞	异教徒破坏天主教堂
10	806 年	月亮里显示出十字架符号	诺森伯利亚国王被驱逐
11	885 年	发生日食	"秃头查理"之子路易三世去世
12	892 年	出现彗星	苏格兰最大的学者斯威夫内去世
13	975 年	收获时节出现彗星	发生饥荒，殉教王爱德华继位
14	979 年	出现血云， 在午夜时分由星星和光线组成	殉教王爱德华被刺杀
15	995 年	出现彗星	西吉里克大主教去世

① 均引自[英]英王阿尔弗雷德等. 盎格鲁-撒克逊编年史[M]. 寿纪瑜译. 北京：商务印书馆，2004.

续表

次数	年份	占星	感应①
16	1066 年	"前所未见的迹象"——哈雷彗星出现	爱德华忏悔者去世 威廉征服者与哈罗德国王开战
17	1077 年	出现月食	修道院院长埃塞尔威格去世
18	1104 年	太阳周围出现四道光晕	诺曼底的罗伯特公爵与贝莱姆的罗伯特达成和解 英王亨利一世和诺曼底公爵敌对
19	1106 年	不寻常的星主的晚餐 日前出现东、西两轮满月	亨利国王前往诺曼底将一切破坏殆尽 萨克森皇帝与儿子展开激烈的王权斗争
20	1110 年	月亮在傍晚出现，后光芒暗淡， 入夜后没有月亮也没有星辰， 直到早晨才出现满月， 但完全没到朔月的时间， 后一颗星从东北出现， 又向西南移动，往返许多夜晚	腓力、威廉·马利特等贵族被剥夺土地 安茹伯爵和亨利对立 物产受损，全国的果木几乎都死光了
21	1114 年	出现光线很长的奇异的星	修道院院长职位变更、大主教职位变更
22	1122 年	从天空生出一道巨大的火焰	坎特伯雷大主教去世
23	1131 年	天空出现一团巨大的火焰	发生有史以来最严重的畜疫
24	1135 年	太阳变得好像离朔日还有 3 日之久的月亮，周围全是星	亨利一世去世
25	1140 年	太阳变暗	坎特伯雷大主教去世

　　本表记载的 25 次天象发生的时间处于基督诞生以来到 1154 年金雀花王朝前期这个时间段内，也就是不列颠早期阶段。由表中可以看出，这本编年史明确记载了占星结果与人间具有对应感应的情况只有 25 次。似乎 25 次看起来是一个比较多的数字，但《盎格鲁-萨克逊编年史》最开始的时间为基督诞生后 494 年，如果从这个时间开始计算，那么在 600 多年的时间中仅有 25 次感应，

从数量上来看，不能算作符合绝对的因果性、感应性，也不能完全体现占星与人类命运的准确对应性。

从此表中的确能看出在一些重要君主如殉教王爱德华、爱德华忏悔者、威廉征服者、亨利一世、重要主教如坎特伯雷大主教①逝世或者战争异动的时候，天象有所感应，比如出现了日食和彗星，而这两者也的确是在神秘学上广为关注的两大天象。前者被认为是"表示造物主对地上大灾难的同情"②，而彗星则被认为是"某个愤怒的神用正义之手投掷的一个火球——用来警告地球上那些卑微的居住者"，还预示着"宫廷政变、瘟疫、战争、高温天气"③，对于君王而言，彗星的出现也预示着他统治的终结与身死。但也有许多情形是没有任何感应的，比如威廉征服者统治末期的瘟疫、大风、饥荒、内乱等，都没有看到天象的任何变化，甚至爱德华忏悔者在位期间发生的战争也并未在天象中看到感应。就此而言，天象的预测和占卜并不能决定现实世界的任何事情，只能作为预测与警示，中间并不存在绝对的因果性。

然而，我们也不能完全否认占星术毫无理论的根据，我们可以从奥古斯丁在《上帝之城》第五卷中对占星术进行的批驳找到相关的术语。虽然他认为这种通过占星的预测是毫无根据的，且他主张"所谓的'命运'，不是决定人们的受孕、出生、开端的星星构成，而是所有的关系和一系列的因果链，这个因果链使得一切是其所是"④，除开对占星术的批评，我们必须留意这段论述中出现的"因果链"这个名词，这其实就是占星术得以盛行的理论根基。通过追溯文献我们可以发现，古代的哲学家认为占星术就是依据着宇宙因果链而存在

---

① 又称为坎特伯雷圣座(the See of Canterbury)，为全英国教会的主教长(the See of Church of England)，全世界圣公会主教长(THe Patriarch of the Anglican Communion of Churches)。

② [美]安德鲁·迪克森·怀特. 科学—神学论战史(第一卷)[M]. 鲁旭东译. 北京：商务印书馆，2012：230.

③ [美]安德鲁·迪克森·怀特. 科学—神学论战史(第一卷)[M]. 鲁旭东译. 北京：商务印书馆，2012：233.

④ [古罗马]奥古斯丁. 上帝之城(上)[M]. 吴飞译. 上海：上海三联书店，2007：181.

的，这种理论在中世纪晚期就已经出现，被称为"存在巨链"，简而言之，这套理论将宇宙视为一个巨大的链条，最高处是上帝与神明，最下端则是无生物，由高到低排序，体现了严密的等级秩序，正因为都在一条因果链上，因此"低一级的事物受高一级事物的影响，……占星术遂由此而来"①，它强调人们的生产生活都受到天体的支配，天体运行能够合理地预示人们的命运。

文艺复兴时期的斐奇诺就强调了土星的作用，他认为土星对人影响巨大："如果小心利用，它可以像鸦片一样起到止痛剂的作用。而如果利用不当，则对人类十分有害"②，这就源自认同宇宙巨链中处于上位的天体能影响下位的生物的信仰，莎士比亚的其他戏剧中也有这种影响的痕迹，比如《泰特斯·安德洛尼克斯》中就写到艾伦对塔摩拉说："娘娘，虽然金星主宰着你的欲望，我的心却为土星所占领。我的凝止的眼睛、我的静默、我的阴沉的忧郁……"③在古代占星学里，土星被视为"阴冷、干枯、满怀恶意的行星"④，甚至古代许多魔法师也对土星有所防范，于是在这些文艺复兴时期的魔法理论家们眼里，星体与宇宙能够影响每个个体的命运。

但皮柯却对这种学说进行了批评，他认为个体的命运是多方面因素作用的结果，如果每个个体能够调动自己的意志与理性对未来的事情进行预测，那么在合理的范围内期盼上天的助力是可以理解的，但不能绝对地认为天体、星辰能够完全影响人类的命运。皮柯以亚历山大大帝为例，这位功勋卓著的皇帝成功的命运来自帝王世家的教育、他坚韧且开阔的内心，来自他各种军事、文化才能等⑤，因此这是多方面综合的结果，并非完全是天象与个人命运的感应。

---

① 吴功青．魔化与除魔：皮柯的魔法思想与现代世界的诞生[M]．北京：生活·读书·新知三联书店，2023：212.

② 吴功青．魔化与除魔：皮柯的魔法思想与现代世界的诞生[M]．北京：生活·读书·新知三联书店，2023：212.

③ [英]威廉·莎士比亚．莎士比亚全集（四）[M]．朱生豪译．北京：人民出版社，1994：534.

④ 胡鹏．从占星到天文学：莎士比亚的宇宙观[J]．国外文学，2014(04).

⑤ 吴功青．魔化与除魔：皮柯的魔法思想与现代世界的诞生[M]．北京：生活·读书·新知三联书店，2023：228.

另外，占星术最大的问题是假定、夸大天体具有隐形的力量，一方面他认为天体具有的力量"只不过是自然的光与热"①，因此就算天体对生物有影响，也不应当是命理上的，而是自然性的。另一方面，天体以"匀速的方式进行运动"②，但是月下世界的生物多种多样，一种匀速且均质的天体不可能影响人的不同命运。

因此，我们必须承认：第一，占星并不能在绝对意义上对现实有普遍决定性和完全准确的预测性，更不要说去通过占星这种行为改变物质世界，它既不能在奇迹事件中被因果性地认同，也不能绝对地在不寻常的事件中识别出混乱。但是魔法的操作具有普遍意指性，追求确定性地改变物质世界和精神世界。第二，占星理论认为天体是神圣的，所有的宇宙天体都可以被归并为宇宙的模型，相信所有天体之上有着最高级的神明从而在自然科学上不断追求着，这与上位魔法中的追求神性自我的提升有着异曲同工之处。

详细总结如下表 1.2：

表 1.2　　　　　　　　　　**占星与魔法的对比**

对比项目	共同点	不同点
占星	操作者是现实的人追求神性 具有自然性 具有实操性	性质：占卜活动、作为知识存在形式 范畴：自然科学 不涉及灵魂与宗教，无法改变现实物质世界，具有预测性
魔法		性质：非占卜活动 范畴：非科学 涉及灵魂与宗教，可以改变现实物质世界

① 吴功青. 魔化与除魔：皮柯的魔法思想与现代世界的诞生[M]. 北京：生活·读书·新知三联书店，2023：232.

② 吴功青. 魔化与除魔：皮柯的魔法思想与现代世界的诞生[M]. 北京：生活·读书·新知三联书店，2023：233.

二、"魔法"与"炼金术"

炼金术是一种实验活动，源于自然科学且根植于自然科学所在的实验室领域，"作为一门阿拉伯科学而出现"①，旨在关注物质的变化以及寻找"贤者之石"。根据亚里士多德自然哲学的四元素理论，"原则上应当可以把某种物质变成任何其他物质（包括黄金），炼金术士们试图通过实验方式来发现嬗变的秘密"②，即炼金术具有将一种金属转化为另一种金属的现实转化性。

最开始的炼金术其实没有任何神秘学的色彩，根据公元 3 世纪莱顿纸草上的工匠制作硫水的配方来看："石灰，1 打兰③；硫，事先磨成粉，等量。将它们共同放入容器。加入气味刺鼻的醋或一个年轻人的尿；加热底部，直到液体看起来像血。将它从沉渣中滤出，纯净使用"④，之后将银片投入制备好的液体中，银片变色，但金属光泽始终稳定，这是炼金术早期奠基时代有效配方的记载，可以看出这个流程是给一般的工匠使用，具有直接性和实用性。

进一步，公元 1 世纪的早期炼金术文献第一次表明了炼金术这种实验活动开始具有"需要保守秘密的事物"这一含义。而有学者指出，这个新的含义用法与宗教仪式有密切关联，且在基督教中含有通过艰苦的行动揭示真意的含义⑤。因此通过基督教的转化，炼金术又暗含着人可以通过这个过程超越自身肉体，形成精神转变的重生意义，因此寻找贤者之石就成为人们通过寻找耶稣，从粗糙的物质转变为纯粹的黄金的过程。

综上可知，炼金术第一个特点强调的是"转化"。炼金术士佐西莫斯观察

---

① [美]劳伦斯·普林西比. 炼金术的秘密[M]. 张卜天译. 北京：商务印书馆，2018：5.

② [荷]乌特·哈内赫拉夫. 西方神秘学指津[M]. 张卜天译. 北京：商务印书馆，2018：29-30.

③ 一种计量单位。

④ [美]劳伦斯·普林西比. 炼金术的秘密[M]. 张卜天译. 北京：商务印书馆，2018：11.

⑤ Louise Bouyer. *Understanding Mysticism* [M]. Garden City NY：Image Books. 1980. pp. 42-55.

到当物质相互反应的时候，它们的性质会被彻底改变。他称之为金属的"染色"，即通过"染色剂"来使得金属发生变化，他提出金属由身体(soma)和精神(pneuma)组成，身体部分不可改变，而精神可以改变，因此他用各种媒介——火、热水来蒸馏、升华、挥发等使得金属转化。虽然看似和魔法一样，能做到对精神进行改变和冲击，但我们必须要明确，魔法可以对自己和他人产生物理性或者精神性的改变，而炼金术所做到的改变仅是物理性，没办法通过炼金术去操控他人的精神或者实施精神攻击。

炼金术的第二个特点是"保密"，不等同于魔法的神秘，而是使用"假名"去加密一些炼金术的流程，这个假名是和物质的真实名字有某种字面或者隐喻性关联的，主要是为了保密和破译①，到了中世纪，由于隐喻解经方法的发展，炼金术文学也因此成为隐喻性的严肃写作。这点与魔法截然不同，诸多魔法并没有被详细记录成为文学，虽然具有神秘性，但只是因为边界的模糊和过程的神秘，并且与炼金术不同，魔法需要施术者具有一定的灵修能力，普通人并不能使用魔法，更别说再现魔法的过程，而炼金术只要经过破译，就能够最大程度上再现金属的冶炼过程。

后来炼金术因缘际会地成为神学、文学作品中的主要描述对象，成为了一种复杂的历史文化现象。例如 17 世纪初，一位德国鞋匠构想出一种宇宙起源论，描述了神本身如何从神秘莫测的"无底"中诞生，最伟大的天使路西法生来就是光在永恒自然身体中的一个完美造物；但在试图通过实现自己的"重生"而升得更高时，他变成了一个黑暗造物，摧毁了光明世界的完整与和谐②。这种诞生和转化，从光明飞升到变成黑暗都充斥了炼金术的思想，这似乎与上位魔法的神圣色彩有所关联，但炼金术的神学性是被后世赋予，并不是本身具有的，而高阶位的上位魔法本身就被犹太教的神秘学集大成——卡巴拉理论认

① [美]劳伦斯·普林西比. 炼金术的秘密[M]. 张卜天译. 北京：商务印书馆，2018：23.

② Ole Peler Grell（ed.）. *Paracelsus：The Mail and his Reputation，his Ideas and their Transformation*[M]. Brill：Leiden /Boston/Cologne. 1998. pp. 151-185.

为能够改变神明所在的原型界和创造界①。

对比如下表1.3：

表 1.3 　　　　　　　　　　**炼金术与魔法的对比**

对比项目	共同点	不同点
炼金术	操作者是现实的人 具有改变现实物质 世界的能力 具有实操性 需要媒介	性质：科学活动、有明确的定义的复杂的历史文化现象，具有加密性，被后期赋予神学色彩，具有现实的再现性，可以通过步骤重现 范畴：实验科学 仅能做到物理性的改变，不能做到对他人精神性的改变
魔法		性质：非科学活动，没有加密性，具有神学色彩，不具有现实再现性，没有魔力没经过修行的操作者不能再现 范畴：非科学 能做到对自己和他人物理性和精神性的改变

综上所述，通过和占星术、炼金术的对比分析，可以总结归纳出：第一，魔法不是占卜，也不是科学，它和占星术、炼金术之间有一定的重合性，它们的操作者必须是现实的人。第二，魔法是一种介于科学与神学之间的神秘现象，和占星术一样具有追求神性和自然性的特点，是能够改变自己和他人的物质世界和精神世界的操作性意指活动。第三，魔法需要媒介进行指引，但和炼金术不同的是魔法的媒介可以包括自然和动物的一切有形之物，不一定是科学性的，而炼

---

① 卡巴拉是犹太教的神秘学家们为了理解《圣经》(《旧约》和《新约》)中的神秘思想，而发明出的一套基于数值对应法的解经技巧，以及以十种"源质"为核心的独立概念和方法。他们提出了描述创世模型的生命之树，越向上的源质越接近神性，越向下的源质越远离神性接近物质，一般上三个(王冠、智慧、理解)为一组，中三个(慈悲、严厉、美丽)为一组，下三个(胜利、荣光、基础)为一组，最后一个(王国)一组，四个世界从上到下对应原型界(Atziluth)、创造界(Brian)、形成界(Yetzirah)和行动界(Assiah)。

金术的媒介则必须是科学性的。第四，魔法对实施者要求是现实的人，且有一定的灵修能力，即布鲁诺所说的运作性，即魔法是有行动能力的智者进行的操作性活动①，而非人类或者没有灵修能力的人是没有办法操作魔法的。

第二节 对象区分：作为研究对象的莎剧中的"魔法"

从上一节我们已经得出了作为神秘学概念的魔法的初步结论，此结论就是本节区分莎士比亚戏剧中"魔法"书写的根据，正因莎士比亚戏剧中囊括了大量的超自然因素，例如鬼魂、精灵、魔法等，而从上文定义来看，"魔法"作为神秘学的对象之一，虽从属于超自然因素，但必定与鬼魂、精灵有所区别，故为了区分出本书的描写对象，我们必须在本节再一次通过我们得出的魔法概念入手，从超自然因素中区分出我们的研究对象——真正符合魔法定义的魔法书写，并且通过文本细读与分析，梳理归纳出莎剧中魔法的特点。

一、"魔法"的区分：精灵、仙子实施的魔法与魔法师、女巫实施的魔法

首先，本书涉及的研究对象不能包括鬼魂，因为根据上文的定义，魔法的操作者必须是具体的人，而根据列维·布留尔的《原始思维》中所述："鬼魂是稀薄而无实体的肖像，在特征上属于蒸汽、影像或阴影。它是个体生命和思想的原因，它独立地拥有它的有形体所有者的意识和意志，它能离开肉体很远，同肉体相比，它能迅速从一个地方到另一个地方，它几乎摸不着，看不见，但却显示出形体的力量，常常作为肉体的幻影，能够进入和占据他人或动物甚至物体的躯干并在其中活动"②，因此鬼魂并不属于本书的分析对象，由于鬼魂属于非生命，不能作为现实的人操控魔法，它们不是实体，也不具有生命，只是影子，诚如

---

① [美]查尔斯·B. 施密特、[英]昆廷·斯金纳. 剑桥文艺复兴哲学史[M]. 徐卫翔译. 上海：华东师范大学出版社，2020：323.

② [法]列维·布留尔. 原始思维[M]. 丁由译. 北京：商务印书馆，1985：74.

王后对哈姆雷特所说"这是你脑中虚构的意象，一个人在心神恍惚之中，最容易发生这种幻妄的错觉"①，且鬼魂属于象征性媒介，虽然可以贯通生死，传达对人世的关注，勾连过去与现在，能够影响剧中人物的精神状态和结果，但不能直接改变现状，故优先将鬼魂排除，因此鬼魂这类超自然因素和魔法的区别在于鬼魂属于非实体影像，而魔法属于现实的人所实施的操作性活动。

其次，综合所有剧情来看，莎剧中的魔法可总体分为精灵、仙子实施的魔法和魔法师、女巫实施的魔法，且莎士比亚用词明确，并未出现把精灵、仙女的魔法与魔法师、女巫的魔法混用的情况，这说明了在莎剧中，两类魔法具有显著区别，故在结合上文中定义的基础上，须对这两类魔法从台词与情节上进行区分，论述如下：

（一）精灵、仙子实施的魔法

莎士比亚的《仲夏夜之梦》给我们展现了生机勃勃的雅典森林以及其中的精灵仙子世界，里面出现了仙王、先后、精灵、小仙、仙女等栩栩如生的形象和他们所实施的神奇魔法，试列举如下：

《仲夏夜之梦》第二幕第一场中小仙的台词描绘了一个调皮、活泼，喜欢用魔法戏弄人类的精灵形象："你就是惯爱吓唬乡村的女郎，在人家的牛乳上撮去了乳脂，使那气喘吁吁的主妇整天也搅不出奶油来；有时你暗中替人家磨谷，有时弄坏了酒使它不能发酵；夜里走路的人，你把他们引入了迷路，自己却躲在一旁窃笑……"②仙后的台词中也体现了仙子与精灵特有的可以变化的能力："……但是你从前溜出了仙境，扮作牧人的样子，整天吹着麦笛，唱着情歌，向风骚的牧女调情，这种事我全知道"③；仙王奥布朗的台词里也出现

---

① ［英］威廉·莎士比亚．莎士比亚全集（五）［M］．朱生豪译．北京：人民出版社，1994：369.

② ［英］威廉·莎士比亚．莎士比亚全集（一）［M］．朱生豪译．北京：人民出版社，1994：680-681.

③ ［英］威廉·莎士比亚．莎士比亚全集（一）［M］．朱生豪译．北京：人民出版社，1994：681.

了魔法："用一些幻象把她引到这来，我将在这个人的眼睛上施下魔法"，而他使用的是一朵花，效果则是"让它那灵液的力量，渗进他眸子的中央。……让她显出庄严妙相，如同金星照亮天庭"。①

诚然，这部喜剧本身是一部"变形记"，仙王实施的魔法可以幻化成他人，通过特殊的植物改变海丽娜的面容，增强她美丽的特质，使得她更加光辉照人，而其他的仙子们可以通过行动对人间事物造成一定的影响，虽然本书定义的魔法也能进行变形，但并不是彻底改变受术者的外貌与施术者的外貌，而是扭转现实情况，且精灵与仙子本质上不属于人类，这部喜剧的环境也并非现实，它们属于对美好理想的模仿。

格林布拉特说过："艺术作品和历史的关系为隐喻、象征、寓言、再现，最重要的是模仿"②，莎士比亚笔下的精灵仙子都属于神话中的精灵类，形象大多模仿自"那些居住在山林、水泽中的仙女（nymphs），古罗马神话中半人半马的农牧之神（fauns）还有水中仙女和森林女神"③，这类形象均属虚构，现实世界并没有"精灵"这类生物，它们是人类思维的产物，是人类童年时代所有美好幻想的结晶，但并不是说与现实毫无联系，一方面，小仙实施的戏弄人的魔法与下位魔法即巫术有一定的相似，莎士比亚在这里模仿了体现巫师的魔法行为的历史事件④，另一方面，《仲夏夜之梦》发生在"梦"中，这里的梦是混沌的现象，是宛如浪潮般连绵不断地超脱于现实的感知绵延，也是做梦者性机

---

① ［英］威廉·莎士比亚. 莎士比亚全集（一）［M］. 朱生豪译. 北京：人民出版社，1994：706.

② Stephen Greenblatt. *Will in the world：How Shakespeare Became Shakespeare*［M］. New York：W. W. Norton&Company. lnc. 2004. p. 48.

③ Cumberland Clark. *Shakespeare and the Supernatural*［M］. London：Williams & Norgate Ltd. 1931. p. 33.

④ 一位老年妇女与一位邻居妇女起争执，老年妇女留下对邻居的公开诅咒之后喃喃自语离开，随后邻居家不断发生灾难，邻居遂怀疑自己遭受的不幸是这位老年妇女对她实施魔法的结果。（Deborah Willis. *Malevolent Nurture：Witch-Hunting and Maternal* ，*Power in Early Modern England*［M］. Ithaca and London：Cornell University Press. 1995. pp. 31-32. ）

能发展的某一阶段的联想与替代①，给剧中的故事发展提供一种具体的背景，但这是现实的虚拟，带着梦幻色彩的幻想，因此，莎士比亚在这部戏剧中传达的是对现实的模拟，而非真正的现实。

在莎剧中，这些精灵与仙子"属于人性边缘，但不是真正的人"②，它们潜伏在人类社会的边缘，可以参与人类世界的事务，但不介入其中，因此他们不能作为本书的对象，因为本书所描述的魔法是只有现实的人才能进行操作，而精灵与仙子属于想象世界的产物，他们是美好理想所寄托的喻体，但是根据前文定义来看，魔法的使用者必须是现实的人，必须是本体，而这些仙子精灵本身虽然能够实施魔法，但它们并不是现实的人，因此这类超自然因素不属于本书的分析对象。

(二)魔法师、女巫实施的魔法

魔法师、女巫实施的魔法是莎士比亚最重要的描写对象之一，魔法师和女巫是具体的人，他们使用多种媒介，为我们展现了神秘而独具魅力的魔法，而这些魔法几乎都属于下位魔法，约等于巫术，且能根据性质和效果进行区分。试列举如下：

在《错误的喜剧》中，大安提福勒斯提到这种魔法具有迷惑人心的能力，比如"碰到的人个个都向我敬礼，把我当成了老朋友"以及"有的会玩弄遮眼的戏法，有的会用妖法迷惑人心，有的会用符咒伤害人的身体"③，而魔法的媒介则就是从自然或者人身上取得，比如"一根草，一滴血，一枚针，一颗胡

---

① 汤平．魔幻与现实：莎士比亚戏剧中的超自然因素研究［M］．成都：四川大学出版社，2015：193.

② 汤平．魔幻与现实：莎士比亚戏剧中的超自然因素研究［M］．成都：四川大学出版社，2015：100.

③ ［英］威廉·莎士比亚．莎士比亚全集（一）［M］．朱生豪译．北京：人民出版社，1994：426、392.

桃，一颗樱桃核"①，其中一位叫品契的魔法师呼唤撒旦的名字进行驱魔，因此这里的魔法很大可能是等同于下位魔法的巫术。

在《暴风雨》中，普洛斯彼罗就是一位魔法师，他有法术、法衣、魔杖，通过书本学习魔法，由此能初步推断这本书上的法术是作为自然经验总结的魔法，即"粗糙的魔法"，是一种"混合了新柏拉图魔法和低位的巫术"②。但他的法术具有和占星术类似的预测性，如"我借着预知术料知福星正在临近我命运的顶点"③，另外，他的法术是从书上学来，因此是来自具有经验性的传输。需要指出的是，普洛斯彼罗操控的魔法具有惩戒性与控制性，并没有直接的攻击性，比如看穿了那不勒斯王子腓迪南潜意识中希望和米兰达(Miranda)相爱的愿望而操控他的灵魂，除此之外能够和自然产生感应呼风唤雨，总体而言属于下位魔法，就性质而言，属于白魔法，但是最终他通过神性觉醒的转化，让这个魔法升华成与神明有关的上位魔法。

在《麦克白》中，三位女巫采取"符咒""魔蛊"进行魔法攻击，还能"呼灵唤鬼"，且需要等待"正午之前"和月亮角上的露珠未干涸之时，因此能看出这种魔法是具有一定仪式和过程的，开场时她们的咒语也体现了预测性，且她们的法术和自然密切相关，总体而言，这些女巫使用的魔法的性质是黑魔法，阶位属于下位魔法，约等于妖术。比较特殊的是马尔康台词中的"国王御触"，也就是通过国王的神力治疗疾病的魔法，按照弗雷泽的定义，这种通过御触进行疗愈的魔法属于接触巫术，如果按照魔法的定义来看，它属于非攻击性的灰魔法，通过接触或者媒介生效。

---

① [英]威廉·莎士比亚. 莎士比亚全集(一)[M]. 朱生豪译. 北京：人民出版社，1994：428.

② Kirilka Stavreva. *"There's Magic in Thy Majesty"*：*Queenship and Witch-Speak in Jacobean Shakespeare*[A]. Levin et al. (eds.). in *"High and Mighty Queens" of Early Modern England*：*Realities and Representations*[M]. Carole Levin. Jo Eldridge Carney. Debra Barrett-Graves. 2003. p. 151.

③ [英]威廉·莎士比亚. 莎士比亚全集(一)[M]. 朱生豪译. 北京：人民出版社，1994：14.

在《冬天的故事》中，宝丽娜称呼国王为"生火的异教徒"①，异教徒本身就与神学及魔法紧密相连，这一点后文将会论述。她本人也能够通过魔法的仪式成功让赫米温妮王后的雕像复活，声称"有谁以为我行的是犯法的妖术，他们可以走开"，且强调"我的法术并非左道"②，再者，国王里昂提斯看到的王后赫米温妮的雕像是用石头打造时说："骂我吧！亲爱的石像，好让我相信你真的便是赫米温妮"③，由此可以看出宝丽娜的魔法不属于攻击性魔法，是以自然的石头雕刻出的赫米温妮的雕像作为施法的媒介，因此这种魔法属于为了达成他人的愿望而操控灵魂的白魔法。

综上，此类别符合我们前文对"魔法"的定义，因而本书的分析对象只限定在由现实的人类实施的通过媒介引导改变现状的操作性"魔法"，而非精灵、仙女实施的魔法，也不包括鬼魂。故只包括《错误的喜剧》《冬天的故事》《麦克白》《暴风雨》中的魔法。

初步区分如下表1.4：

表1.4　　　　　　　　　　　研究对象区分表

类型	是否属于本书定义的魔法	属于/不属于的原因	是否有重合
精灵、仙子实施的魔法	否	非人类实体，属于喻体，不是分析对象	有重合 他们实施的魔法体现了自然魔法特色
魔法师、女巫实施的魔法	是	符合定义	完全一致 符合本书对"魔法"定义的要求

① 早期基督教不得不确立自己相对于犹太教和"他者"之宗教的身份，被冠以"异教徒"、"外邦人"、"非犹太族"等各种名号。
② [英]威廉·莎士比亚. 莎士比亚全集(二)[M]. 朱生豪译. 北京：人民出版社，1994：539.
③ [英]威廉·莎士比亚. 莎士比亚全集(二)[M]. 朱生豪译. 北京：人民出版社，1994：607-608.

二、莎剧"魔法"的特点：自然联应性、仪式性

总体来看，作为莎剧中书写对象的"魔法"几乎都属于自然的下位魔法，从魔法的性质来看，既有黑魔法也有白魔法，较为典型的是下位魔法中的巫术，结合前文所述的下位魔法的定义来看，莎剧中的魔法具有自然联应性的特点，但是仔细分析可知，莎剧中的魔法不仅展现自然，也展现了魔法与仪式息息相关的特点，因此莎剧中的魔法也具有仪式性的特点。前者呼应前文对魔法的定义，后者为下文进行魔法实施的媒介分析做铺垫。详细论述如下：

（一）自然联应性

文艺复兴时期的魔法被当时的魔法师们普遍认为是一种"自然的魔法"，魔法师们认为，"仅凭一句话或一个手势，就能够调兵遣将、转斗移星、呼风唤雨，借助仪式使土地肥沃、猪羊满圈，使自己繁盛兴旺起来，这完全是合情合理的事情。"①人们通过多种手段施展出来的来自自然的力量是合理的，这种合理性的根本原因就在于人自身的自然性，而这种认知的基础在于文艺复兴时期盛行的自然哲学。

"自然哲学以研究自然（作为对象的自然）为己任，但它的实践与人的自然（本性）密不可分"②，这句话的意思是，自然哲学研究的对象是客体化的自然，也就是将自然视为静观之物，通过一定的力量把握其中蕴含的规律，那么将规律显化就需要人运用自身的自然本性进行操作，将低级的事物与高级的事物联应起来，构成因果链条中的一环，这种行为就是魔法。皮埃尔·阿多认为："魔法起初依赖于这样一种信念，即自然现象是由不可见的力量——神灵

---

① [法]爱弥尔·涂尔干. 宗教生活的基本形式[M]. 渠东、汲喆译. 北京：商务印书馆，2011：32.

② 吴功青. 魔化与除魔：皮柯的魔法思想与现代世界的诞生[M]. 北京：生活·读书·新知三联书店，2023：93.

或魔鬼——所导致的。通过呼唤神灵或魔鬼的真名，然后举行某些活动或仪式……"①总体而言自然魔法的要点也如我们前文所归纳的那样，体现为三点：第一是强烈的信念，这证明了魔法并不是一种实体；第二是举行仪式，这体现了魔法的操作性，也是下文将论述的仪式性；第三是联系自然。奥古斯丁也认为："存在一种魔法的力量，它能够将自然中潜藏的秘密揭示出来"②，因此莎剧魔法的自然联应性具有了非常雄厚的理论基础，16世纪初的知识发酵让人们认为自然似乎开始由无限多的等待发现的过程组成，任何对因果关系的一般描述都要求揭示大自然的"秘密"与从经验获得的知识联系起来③，即自然性与因果关系联应，它往往被认为对于文艺复兴时期的世界观至关重要，因此自然魔法首要的特征就是自然性，也就是借助自然本身的规则和力量，诉诸魔力的发挥，海浪、狂风、火焰、月亮、潮汐、大地等都和自然息息相关，而这些法术似乎让自然中本无生命的事物按照魔法师个人的意愿与事物因果关系联应。莎士比亚戏剧中的魔法充斥着自然因素与因果关系的联系，试列举如下：

《暴风雨》中，米兰达看着父亲普洛斯彼罗施展的狂暴魔法曾如此哀叹："亲爱的父亲，假如你曾经用你的法术使狂暴的海水兴起这场风浪，请你使它们平息了吧！天空似乎要倒下发臭的沥青来，但海水腾涌到天的脸上，把火焰浇熄了"④，这很典型地体现了自然性，事实上，风浪在自然魔法中占有比较大的作用。首先风在魔法中的确有过被召唤的记录，《金枝——巫术与宗教之研究》中记载了苏格兰女巫召唤暴风的魔法："女巫们经常用下面的办法来呼风：她们把一块破布浸在水里并在一块石头上将它敲打三次，同时说道："我

---

① ［法］皮埃尔·阿多．伊西斯的面纱：自然的观念史随笔［M］．张卜天译．上海：华东师范大学出版社，2015：152-153.
② ［法］皮埃尔·阿多．伊西斯的面纱：自然的观念史随笔［M］．张卜天译．上海：华东师范大学出版社，2015：154.
③ ［美］查尔斯·B.施密特、［英］昆廷·斯金纳．剑桥文艺复兴哲学史［M］．徐卫翔译．上海：华东师范大学出版社，2020：319.
④ ［英］威廉·莎士比亚．莎士比亚全集（一）［M］．朱生豪译．北京：人民出版社，1994：8.

在这块石头上敲打这片破布，我以迪维利斯的名义扬起风，它将不停地吹，直到我高兴为止。"①其次，雨水和海浪也是自然魔法中较为重要的元素，普洛斯彼罗实施的魔法中水元素占比最重，而在《金枝——巫术与宗教之研究》中也有着巫师们操纵魔法召唤雨水的记录，一些英国所属部落的人们将孪生子视为年轻的魔法师，"他们特别具有控制天气好坏的本领：他们从桶里把水泼向天空可促成降雨；摇动一小块被绳子拴在棍子上的扁平木片可促成晴天；将羽绒撒在云杉的树枝尖上可掀起风暴"②，虽然在莎剧中是普洛斯彼罗本人具有魔法，但是他的魔法由爱丽儿来具体实施，除了爱丽儿外，普洛斯彼罗还奴役了卡列班，卡列班的母亲西考克斯也是会魔法的女巫，从而爱丽儿与卡列班正好形成了对应的关系，两者都与魔法相关联，也正好与《金枝》中孪生子操纵魔法的记录在一定程度上吻合。另外和风、水有关的魔法还在《麦克白》中有所体现，例如三位女巫消失之后，班柯看着她们消失的地方这么问道："水上有泡沫，土地也有泡沫，这些便是大地上的泡沫。她们消失到什么地方去了？"，而麦克白回答："消失在空气之中，好像是有形体的东西，却像呼吸一样融化在风里了。我倒希望她们再多留一会儿"③，这里能看出女巫与自然几乎合二为一，自然地构成了她们出现与消失的条件。麦克白在去面见三位女巫时，也这么向她们追问："即使大自然所孕育的一切灵奇完全归于毁灭，连'毁灭'都感到手软了，我也要你们回答我的问题。"④

实际上，施行自然魔法的魔法师们必须"发现宇宙的交感，而且还必须主

---

① ［英］J. G. 弗雷泽. 金枝——巫术与宗教之研究（上）［M］. 汪培基，徐育新，张泽石译. 北京：商务印书馆，2012：140-141.

② ［英］J. G. 弗雷泽. 金枝——巫术与宗教之研究（上）［M］. 汪培基，徐育新，张泽石译. 北京：商务印书馆，2012：116.

③ ［英］威廉·莎士比亚. 莎士比亚全集（五）［M］. 朱生豪译. 北京：人民出版社，1994：201.

④ ［英］威廉·莎士比亚. 莎士比亚全集（五）［M］. 朱生豪译. 北京：人民出版社，1994：246.

动地将具有交感的事物连接起来，将它们从潜能变成一种现实的力量"①，这也就是魔法具有效力的原因所在，而宇宙的交感在弗雷泽的《金枝》中表现为"交感巫术"，它的作用原理为：第一是'同类相生'或果必同因；第二是物体一经互相接触，在中断实体接触后还会继续远距离互相作用②，它可以被归纳为因果与接触两大特点，这就代表着自然界的事物与整个自然具有因果关系的感应、形式与质料的感应、整体与部分的感应、种属之间的感应等感应的形式③，宇宙和下属的世界以及各种事物存在普遍的相互关联，就像"农夫把榆树嫁接到葡萄藤上，魔法师将地许配给天，即把低等的事物嫁接到更高的禀赋和权能上"，所以自然魔法的作用原理就是将事物与自然相互关联。普洛提诺曾提出整个宇宙是一种交感状态，如同一个活物："相距遥远的东西其实很近，正如一个活物的指甲、头角、手指或并非相邻的肢体部分。远处的东西会受到影响，虽然感觉不到两者之间有什么东西；因为相似的事物并非彼此临近，而是被不同的事物分开，但因其相似性又受到相同的影响，因此一部分所产生的影响必定会抵达远处的另一部分。既然它是一个活物，各个部分都属于一个统一体，那么属于这个活物的部分无论距离多么遥远，都足以相互交感。"④因此莎剧中的魔法还具有神奇的因果关联，例如这场由魔法变出的风暴决定性地将腓迪南一行人吸引到了他们所在的海岛上："现在由于奇怪的偶然，慈悲的上天眷宠着我，已经把我的仇人们引到这岛岸上来了"⑤，魔法也人为性地促成了米兰达和腓迪南的姻缘，以及普洛斯彼罗与弟弟的历史性和

① 吴功青．魔化与除魔：皮柯的魔法思想与现代世界的诞生[M]．北京：生活·读书·新知三联书店，2023：131．
② [英]J. G. 弗雷泽．金枝——巫术与宗教之研究（上）[M]．汪培基，徐育新，张泽石译．北京：商务印书馆，2012：26．
③ 吴功青．魔化与除魔：皮柯的魔法思想与现代世界的诞生[M]．北京：生活·读书·新知三联书店，2023：116．
④ [荷]乌特·哈内赫拉夫．西方神秘学指津[M]．张卜天译．北京：商务印书馆，2018：154-155．
⑤ [英]威廉·莎士比亚．莎士比亚全集（一）[M]．朱生豪译．北京：人民出版社，1994：14．

解。在描述西考克斯的魔法时也曾体现了魔法和自然的联应关系："能够叫月亮都听话，能够支配本来由月亮操纵的潮汐。"①

虽然在莎剧中，莎士比亚描写的自然魔法依然具有占星术的影子，但它本质上也是自然魔法的一部分，例如从爱丽儿的话中能看出普洛斯彼罗魔法与占星术有类似的预测性："我的主人凭他的法术，预知你，他的朋友，所陷入的危险，因此差我来保全你的性命，否则他的计划就要失败"②，但必须指出的是，这种魔法本身并不是占星术，前文已论述过占星术本质是一种科学性的行为，并不能改变现实，可它所凭依的同样也是宇宙的存在链，而宇宙也是自然魔法交感的对象，魔法师能够实现与自然的链接，更能够通过交感实现与宇宙的链接，实现更大的魔法效力，在文艺复兴时期的人们看来，人的因果天命与自然息息相关，而这里的自然也与宇宙有着内在相似性，人们通过自然魔法，观察自然内部的奥秘，所得到的不只是预测性的信息，更能感测到他们自身与宇宙合为一体。所以莎士比亚在这里书写的并不是占星术，而是交感了星体与宇宙的更大的自然魔法，这种预知能力本身也是交感的前兆，它最终会产生实际的影响，这种影响就来自于魔法师的力量。因此无论是天空，大地还是指甲头发，一根草、一滴血、一枚针、一颗胡桃、一粒樱桃核，都因内在的相似性与隐秘的因果性对人们造成影响，这也使得莎剧中的某些魔法带有一定的预测性。但无论如何，事物只要能产生相互的作用，就能够被施行为自然魔法，正如普洛提诺所说："普遍的相互作用就是自然魔法：'任何事物只要与某物相关，都会被那种东西迷住，因为与这种事物相关的东西会迷住它并使之运动'"③，因为自然界的事物都与自然具有亲缘性，故而都能够被施展为魔法的一部分。

———————

① ［英］威廉·莎士比亚. 莎士比亚全集（一）［M］. 朱生豪译. 北京：人民出版社，1994：83.

② ［英］威廉·莎士比亚. 莎士比亚全集（一）［M］. 朱生豪译. 北京：人民出版社，1994：39.

③ ［法］皮埃尔·阿多. 伊西斯的面纱：自然的观念史随笔［M］. 张卜天译. 上海：华东师范大学出版社，2015：156-157.

总之，莎剧给我们展现了"活的自然"之下的魔法，在他笔下的魔法描写虽然看上去是超自然的，但从内在来看存在事物的自然秩序与因果论的联应效应，也就是说，在莎剧中，"所有宇宙现象都是与被称之为规律的必然联系相结合的。这些必然联系所表达的仅仅是事物逻辑地联系起来的方式"①。在莎士比亚戏剧中，自然似乎是一种智能活动，展现出前所未有的因果性与联应性，在给定的物质条件下，旨在实现自己的目的。

(二)仪式性

文艺复兴时期随着自然魔法的鼎盛，许多神秘学流派都将仪式看作魔法极为重要的一环，他们认为魔法是一系列行动的结果。这鲜明地体现了前文所述的魔法的操作性，皮柯就曾经指出："魔法是自然知识的实践部分"②，意味着魔法必定是实操性的过程，同理，在莎剧中，魔法的仪式是"一个身体经历的过程"③，通过作用于身体和行为来实现，这也是"对神秘物质或神秘力量的信仰的场合时的规定性正式行为"④，因此魔法也是一种借助于神秘力量的实操性仪式活动，这就意味着莎士比亚笔下的魔法不是抽象静止的，戏剧里的人物实施魔法总是伴随着一系列的程序活动，而文艺复兴时期《苏格兰新闻》也记录说魔法是一种"奇妙的表演"，表演就涉及程序性的仪式活动，因此无论是从理论上还是文化上，魔法都是一种仪式性的活动，莎剧中也对此进行了刻画，试列举如下：

《错误的喜剧》中大安提福勒斯说："方才有一个裁缝，在他的店铺里把我

---

① [法]爱弥尔·涂尔干. 宗教生活的基本形式[M]. 渠东、汲喆译. 北京：商务印书馆，2011：33.

② 吴功青. 魔化与除魔：皮柯的魔法思想与现代世界的诞生[M]. 北京：生活·读书·新知三联书店，2023：260.

③ [美]兰德尔·柯林斯. 互动仪式链[M]. 林聚任、王鹏、宋丽君译. 北京：商务印书馆，2012：87.

④ [英]维克多·特纳. 象征之林——恩登布人仪式散论[M]. 赵玉燕、欧阳锋、徐洪峰译. 北京：商务印书馆，2011：23.

叫住了，让我看一匹绸缎，说这是为我进的货，接着就动手给我量身材尺寸了——这都是魔法啊……"①，而在这之前他则自言自语道："有的会玩弄遮眼的戏法，有的会用妖法迷惑人心，有的会用符咒伤害人的身体，……到处设下了陷阱。"②这些台词中的"叫住"、"动手量尺寸"等都付诸具体的身体接触，类似于弗雷泽所说的接触巫术，它最显著的特点就是"那种被认为存在于人和他的身体某一部分（如头发或指甲）之间的感应魔力"③，也就是只要具有魔法能力的人触碰到了受术者的身体，接触到了身体的某一部分，或者掌握了受术者的身体的某个部位，就能够产生巫术效果，而实际上，通过眼神也能够产生魔法，眼神的接触也被视为一种产生魔法的手段，"人们只要把自己的目光投在某种事物上，也就与这个事物建立了联系：'看'就是一种接触方式"。④ 当大安提福勒斯进入以弗所这个城市时，就感受到了被注视的目光，因而彼时的他已经陷入了魔法的陷阱。

《暴风雨》中普洛斯彼罗在女儿米兰达面前施展魔法之后，他的魔法进入平静阶段时，他的动作为脱下法衣、将法术以可视化形式浓缩进法衣之中："帮我把我的法衣脱去。好，（放下法衣）躺在那里吧，我的法术！"⑤，在戏剧的结尾他的动作是折断魔杖，埋在地底，将魔法书投入深海："以后我便将折断我的魔杖，把它埋在幽深的地底，把我的书投向深不可测的海心。"⑥最后的魔法伴随的动作是折断魔杖，也就是放弃魔法的掌控权，埋在幽深的地底就是

---

① ［英］威廉·莎士比亚．莎士比亚全集（一）［M］．朱生豪译．北京：人民出版社，1994：426.

② ［英］威廉·莎士比亚．莎士比亚全集（一）［M］．朱生豪译．北京：人民出版社，1994：392.

③ ［英］J. G. 弗雷泽．金枝——巫术与宗教之研究（上）［M］．汪培基，徐育新，张泽石译．北京：商务印书馆，2012：68-69.

④ ［法］爱弥尔·涂尔干．宗教生活的基本形式［M］．渠东、汲喆译．北京：商务印书馆，2011：418.

⑤ ［英］威廉·莎士比亚．莎士比亚全集（一）［M］．朱生豪译．北京：人民出版社，1994：9.

⑥ ［英］威廉·莎士比亚．莎士比亚全集（一）［M］．朱生豪译．北京：人民出版社，1994：75.

做好了再也不让这个魔法重见天日的准备，最后把他的魔法书投向大海，意味着彻底与过去告别。

《麦克白》中赫卡忒女巫施展魔法也伴随着准备道具、摄取露珠、提炼之后呼灵唤鬼的行动："把你们的符咒、魔蛊和一切应用的东西预备齐整，不得有误。……我要在它没有坠地以前把它摄取，用魔术提炼以后，就可以凭着它呼灵唤鬼"①，马尔康讲到爱德华忏悔者时也提到了国王治疗疾病的仪式："他只要嘴里念着祈祷，用一枚金章亲手挂在他们的颈上，他们便会霍然痊愈"②，由此看出国王的金章在这个魔法治疗的过程中起着重大的作用。

《冬天的故事》中宝丽娜奇迹般地在礼拜堂中用雕像和音乐以及调动众人的感情复活了王后："音乐，奏起来，唤醒她！（音乐）是时候了，下来吧，不要再做石头了；过来，让瞧着你的众人大吃一惊。来，我会把你的坟墓填塞；转动你的身体，走下来吧，把你僵固的姿态交还给死亡。"③她用词清晰地强调了赫米温妮复活的流程：先是唤醒，然后是走下来，接着是走过来，最后是转动身体，真正地活过来，这里包括了石像与肉身的还原，语言与音乐的引导。

从上述的列举内容中我们能看出，魔法的实施过程始终伴随着动作的进行，而种种动作与流程组成了魔法的仪式，总体而言，各种仪式有所不同，如果按照范热内普对仪式的区分④，我们可以总结为下表1.5：

---

① ［英］威廉·莎士比亚. 莎士比亚全集（五）［M］. 朱生豪译. 北京：人民出版社，1994：241.

② ［英］威廉·莎士比亚. 莎士比亚全集（五）［M］. 朱生豪译. 北京：人民出版社，1994：259.

③ ［英］威廉·莎士比亚. 莎士比亚全集（二）［M］. 朱生豪译. 北京：人民出版社，1994：610.

④ 仪式按照性质分为动力论类和泛灵论类，非人性格化不涉及图腾、精灵、恶魔、神明，属于动力论类，而涉及图腾、精灵、恶魔、神明的都属于泛灵论类。按照特点可以分为感应性仪式——强调同类互惠，异类互惠，包容与被包容、图像、实物同真人感应言语与行动，感染性仪式——特征为物质性，通过直接接触或者一段距离可以传递；直接仪式——为了立即产生结果，不受到外部干扰，如咒语和咒物，间接仪式——誓言、祈祷语、宗教行礼，初始行为，带动某种自然或者人性化的力量，令他们为仪式操作者进行效力。（［法］阿诺尔德·范热内普. 过渡礼仪［M］. 张举文译. 北京：商务印书馆，2012：18.）

表 1.5　　　　　　　　　　　　　　　仪式判别表

剧名	性质		特　点					
	动力论	泛灵论	感应性	感染性	直接性	间接性	主动性	被动性
《错误的喜剧》	✓			✓	✓			✓
《暴风雨》		✓	✓			✓	✓	
《麦克白》的女巫		✓		✓	✓		✓	
《麦克白》的国王	✓			✓	✓		✓	
《冬天的故事》	✓		✓		✓		✓	

　　由莎剧的台词及人类学的理论分析可知，《错误的喜剧》中大安提福勒斯属于被动性遭遇魔法，这种魔法的仪式是动力论型仪式，魔法起效的原因是受到了来自魔法师的身体接触，因此《错误的喜剧》中涉及的魔法仪式属于直接性、感染性的仪式，它通过直接接触起作用；《暴风雨》中普洛斯彼罗的魔法仪式是泛灵论型的仪式，因为他的魔法涉及精灵与神性，带动自然的神力为魔法师本人服务，且非人类的卡列班与爱丽儿被他有机地包容在整个魔法体系中，因此可以将这种仪式归为感应性与间接性仪式，并且是一种属于魔法师本人主动采取的仪式；《麦克白》中三位女巫的魔法仪式属于泛灵论型仪式，因为她们的魔法操作过程普遍涉及了恶魔之物，而根据戏剧台词的注释所言每一位女巫都有一个精灵听她们驱使，且赫卡忒直说用这种魔法来直接让《麦克白》中爱德华本性迷乱，因此可以判断《麦克白》中女巫们的魔法仪式属于感染性与直接性的仪式。这也是她们主动实施的魔法行为；而国王的治疗魔法仪式属于动力论型仪式，因为这种仪式的作用来源是"国王神力"，整个疗愈的仪式的特点可以被归为直接性与感染性，因为他口中念着咒语，用护身符接触受术者就能起效，因此这也是国王的主动行为；《冬天的故事》中宝丽娜的魔法仪式属于动力论型仪式，这场魔法仪式靠她的外力作用主动带动雕像复活，虽然她强调着法术的神圣与复活的神性，但只是以神圣的感情带动氛围，而一个死物雕像通过魔法变成活生生的王后，体现了魔法仪式的感应性和直接性，这

个仪式也同时通过宝丽娜的语言带动直接起效。

综合莎士比亚的描写及关于仪式的判别我们可以看出剧中的魔法仪式绝对不会是在单人场合出现，《错误的喜剧》中大安提福勒斯是在人群中，在城市大环境下遭受了魔法的攻击，《暴风雨》中普洛斯彼罗和米兰达与卡列班、爱丽儿在一起时才使用魔法，《麦克白》中是三位女巫一起施法，国王的治疗也在众目睽睽之下，《冬天的故事》中宝丽娜也在礼拜堂的众人面前施法让王后起死回生。而这种聚集性的条件就体现了仪式的前提特点："两个或者两个以上的人聚集在同一场所，不管他们是否会特别有意识地关注对方，都能通过其身体在场而相互影响"①，在这个过程中，大安提福勒斯因为魔法仪式的作用产生了对自我认识的错觉，普洛斯彼罗通过他的魔法深刻影响了众人的命运，传递了他的愤怒与最后的宽恕，宝丽娜的魔法让失去了王后的国王里昂提斯重获挚爱，再不敢轻视感情的神圣性与真爱的可贵性。

仪式也同时传达出了情感交融之中深刻的意义性与人们高度的相互关注和互为主体性②，在仪式中人们通过身体的协调一致、相互激起或者唤起参与者的情感流动，使施术者和受术者结合在一起，参与者体验到魔法师的情感，通过身体的接触、疼痛的感知、精神的迷乱、疾病的治愈、从死到生的过程加强了相互的参与，深刻地改变了彼此的命运，因此，莎剧中的人们将注意力集中在魔法实施的对象或者仪式上，通过仪式中场域的划定、身体的影响、情感的流动，相互传达关注焦点而分享彼此的命运，分享共同的情绪，产生了共享的情感与认知的体验。

---

① ［美］兰德尔·柯林斯. 互动仪式链[M]. 林聚任、王鹏、宋丽君译. 北京：商务印书馆，2012：79.

② ［美］兰德尔·柯林斯. 互动仪式链[M]. 林聚任、王鹏、宋丽君译. 北京：商务印书馆，2012：100.

第二章 媒介引导：莎剧中"魔法"实施的媒介分析

由上文可知，莎士比亚笔下的魔法具有自然联应性与仪式性两大特点，自然联应性意味着魔法体现了自然与个体命运之间的因果关系以及自然秩序。宇宙万物都与人的命运紧密相连，因此魔法师们通过魔法也必然能改变命运。进而言之，"改变命运"这个行为就涉及仪式性中魔法实施需要有的程式活动及物质、空间的辅助，这代表着魔法实施必须经过媒介引导，因此本章拟从媒介入手，探讨莎剧中魔法的实施。

皮柯认为"某些物体，在魔法行为中比任何物质都具有更大的力量"，他同时也希望通过语言和天使般的魔力增强自然魔法的力量①。因此魔法的起效一定是需要有实体与语言作为媒介，从上一部分对仪式性的论述中，我们可以通过莎剧的台词看出，莎剧中的魔法通过两种媒介引导实施：第一，实体媒介；第二，语言媒介。初步总结如表 2.1，本章将立足于此表，对实体媒介与语言媒介进行分析：

表 2.1 魔法媒介表

戏剧名	媒介类型	具体内容
《错误的喜剧》	实体媒介	符咒、"一根草，一滴血，一枚针，一颗胡桃，一颗樱桃核"作为魔法之城的以弗所

---

① ［美］查尔斯·B. 施密特、［英］昆廷·斯金纳. 剑桥文艺复兴哲学史［M］. 徐卫翔译. 上海：华东师范大学出版社，2020：292.

续表

戏剧名	媒介类型	具体内容
《暴风雨》	实体媒介	书本、作为施术场地的海岛
	语言媒介	音乐语言
《麦克白》	实体媒介	符咒、魔蛊、国王金章护身符、女巫的荒原
	语言媒介	女巫语言
《冬天的故事》	实体媒介	王后的雕像，礼拜堂
	语言媒介	音乐、女巫语言

第一节　实体媒介

从表2.1可知，实体媒介包含两种，一种是物件类，比如符咒魔蛊、金章护身符，另一种是场所类，比如普洛斯彼罗的海岛、以弗所、礼拜堂以及《麦克白》中三位女巫所在的荒原，这些也是莎剧中魔法得以实现的媒介。根据戏剧台词的分析，每一类媒介都具有两大特点，下面将分为物件类和场所类加以阐述：

一、物件类：浓缩性、联想性

纵观莎士比亚描写魔法的台词中的众多魔法物件，我们可以简单将它们归纳为以下类别：第一，符咒、魔蛊、身体部位；第二，国王护身符；第三，王后雕像。以下将按照类别进行列举分析。

（一）符咒、魔蛊、身体部位

《错误的喜剧》中大德洛米奥指控那位向小安提福勒斯发难的妓女是魔鬼："有的魔鬼只向人要一些指甲头发，或者一根草、一滴血、一枚针、一颗胡桃、一粒樱桃核，她却向人要一根金项链，真是一个贪心的魔鬼。"①而小安提福勒斯在向公爵诉苦时提到为他"驱魔"的魔法师品契："他的一双眼睛盯着我的眼睛，摸着我的脉息，说是有鬼附在我身上，自己不要脸，硬要叫我也丢脸。"②其中详细列举了恶魔的魔法需要的媒介以及驱魔师品契用属于他身体的"手"触摸小安提福勒斯帮他诊断。

在《麦克白》的开头，女巫们提到"一个在归途覆舟殒命的舵工的拇指"，③她们用包括这枚拇指在内的物件伴随着舞蹈做成魔蛊，三位女巫的主管女巫赫卡忒的台词中也提到了符咒、魔蛊："把你们的符咒、魔蛊和一切应用的东西预备齐整，不得有误。"④后面的剧情中展现了女巫们正在制作黑魔法使用的魔蛊："毒肝腐脏真其中。蛤蟆蛰眠寒石底，三十一日夜相继；汗出淋漓化毒浆，投之鼎釜沸为汤"⑤，"沼地蟒蛇取其肉，膏以为片煮至熟；蝾螈之目青蛙趾，蝙蝠之毛犬之齿，蝮舌如叉蚯蚓刺，蜥蜴之足枭之翅，炼为毒蛊鬼神惊"⑥，"豺狼之牙巨龙鳞，千年巫尸貌狰狞；海底抉出鲨鱼胃，夜掘毒芹根块块；杀犹太人摘其肝，剖山羊胆汁潺潺；……婚妇弃儿死道间，断指持来血尚殷；土耳其鼻鞑靼唇，烈火糜之煎作羹；猛虎肝肠和鼎内，炼就妖丹成一味"⑦。另外，《暴风雨》中卡列班诅咒普洛斯彼罗时也曾提到："但愿西考拉

① ［英］威廉·莎士比亚. 莎士比亚全集（一）［M］. 朱生豪译. 北京：人民出版社，1994：428.

② ［英］威廉·莎士比亚. 莎士比亚全集（一）［M］. 朱生豪译. 北京：人民出版社，1994：443.

③ ［英］威廉·莎士比亚. 莎士比亚全集（五）［M］. 朱生豪译. 北京：人民出版社，1994：199.

④ ［英］威廉·莎士比亚. 莎士比亚全集（五）［M］. 朱生豪译. 北京：人民出版社，1994：241.

⑤ ［英］威廉·莎士比亚. 莎士比亚全集（五）［M］. 朱生豪译. 北京：人民出版社，1994：244.

⑥ ［英］威廉·莎士比亚. 莎士比亚全集（五）［M］. 朱生豪译. 北京：人民出版社，1994：244-245.

⑦ ［英］威廉·莎士比亚. 莎士比亚全集（五）［M］. 朱生豪译. 北京：人民出版社，1994：245.

克斯一切的符咒、癞蛤蟆、甲虫、蝙蝠都咒在你身上！"①

　　上述诸多的邪恶之物可谓淋漓尽致地展现了女巫的黑魔法使用的物件：蟒蛇、青蛙、蝾螈、蝙蝠、蜥蜴、豺狼、鲨鱼、毒芹、人类的手指等。在魔法中，动物常被视为具有神秘力量从而成为转嫁灾祸的客体，女巫们搜集的蟒蛇、青蛙等基本都在魔法的使用中成为承载他人灾厄的集合体，比如说上文的青蛙，欧洲曾经有这种用青蛙替病人治疗头疼的做法："穿着靴子站在露天地上，拿一只青蛙攒住头，把口沫吐在它嘴里，请他把头痛带走，然后就放掉他。但是必须择一个吉利时辰去做这种法术……拿一只小青蛙，把它的头在患者的嘴里放一会儿，青蛙就把病吸到自己身上，患者就解除了病痛。"②因此这只青蛙就代替人类承载了诸多的疾病和灾殃，而蝙蝠、蜥蜴、癞蛤蟆等都是集合世间之毒于一身之物，它们身上所承载的毒化作毒蛊被施加给麦克白，造成麦克白最后的毁灭。

　　同理，人类的身体部位在魔法中也属于禁忌。真实的魔法记载证实了这样的诅咒：男巫师想要加害他人，"便捡此人剪下的头发、吐沫，或身上排出的任何东西，用一张树叶包着放进线织的布制袋里，巧妙地结扎起来，施行一定的魔术后埋藏地下，于是此人在二十天内就要憔悴病弱死亡"。③ 女巫们使用人类的手指进行诅咒以及大安提福勒斯说魔鬼会向人讨要身体的一个部分实施恶魔的魔法也是一样的道理。因为人们相信自己身体各个部分和自己有着连接生命的关系，比如头发和指甲，如果这些部位受到了伤害，也会损害自己，因此女巫们使用代表着人生命力的部分进行下咒就足以使得受术者耗尽生命而死亡。

---

　　① ［英］威廉·莎士比亚．莎士比亚全集（一）［M］．朱生豪译．北京：人民出版社，1994：20.

　　② ［英］J. G. 弗雷泽．金枝——巫术与宗教之研究（下）［M］．汪培基、徐育新、张泽石译．北京：商务印书馆，2012：852.

　　③ ［英］J. G. 弗雷泽．金枝——巫术与宗教之研究（上）［M］．汪培基、徐育新、张泽石译．北京：商务印书馆，2012：388.

而这些物件在人们心里会引起恐惧、害怕、恶心等情绪，甚至人们阅读时也生怕自己遭受女巫魔法的诅咒，故比起直接铺陈魔法咒语文字或者魔法阵，用这些符号性的物件更容易激发人们内心普遍的情感特质，这些物件"使情感紧张以有意识的或潜意识的形式得以迅速释放"①，扩散到人们的阅读体验和整体感知中。

（二）国王护身符

《麦克白》中马尔康提到爱德华忏悔者令人惊叹的国王神力，他只需要念念有词，将一枚护身符贴在患者身上就能治愈疾病："可是害着怪病的人，浑身肿烂，惨不忍睹，一切外科手术无法医治的，他只要嘴里念着祈祷，用一枚金章亲手挂在他们的颈上，他们便会霍然痊愈；据说他这种治病的天赋，是世世相传永袭罔替的。"②

这枚金章实质是一枚金币，佩戴金章进行治疗的方式源自 17 世纪法国的魔法习俗③，而在魔法的理论中，无论是金币还是金章，代表的都是护身符。魔法理论认为如果护身符本身的基本力量能够很好地适应植入同一物质中的特定能量，就能够让世间的人们接受来自天堂的力量，如果这个护身符的实质中所包含的基础力量转变为自然所植入的某种特定的力量并与之相匹配④，那么此力量会更加强大，此处的爱德华忏悔者就是被历史上公认为带有神圣力量的

---

① ［英］维克多·特纳. 象征之林——恩登布人仪式散论［M］. 赵玉燕、欧阳锋、徐洪峰译. 北京：商务印书馆，2011：36.

② ［英］威廉·莎士比亚. 莎士比亚全集（五）［M］. 朱生豪译. 北京：人民出版社，1994：259.

③ 在基督受难日这天，这些人中的一位医生接受一位病人，将病人带到十字架礼拜仪式上，当着祭司和其他教士的面，亲吻十字架，并将一枚钱币投入捐款碗。这个病人在他之后亲吻十字架，取回这枚钱币，代之以其他两枚钱币，然后返回家中，在这枚钱币上凿孔，将它戴在脖子上。（［法］马克·布洛赫. 国王神迹：英法王权所谓超自然性研究［M］. 张绪山译. 北京：商务印书馆，2018：145.）

④ ［美］查尔斯·B. 施密特、［英］昆廷·斯金纳. 剑桥文艺复兴哲学史［M］. 徐卫翔译. 上海：华东师范大学出版社，2020：304.

国王，他的美德被视为超自然德行①，因此这种带着王权的神性力量与渴望得到国王垂怜的臣民的期待不谋而合，在神秘学的意义上就产生了治愈的效果。更为奇特的是这个治愈效果是自动的，不受到施术者本人的约束或者意图的指挥，因此对于魔法师们而言，这种人造物是神圣魔法的象征。

除了金章之外，相传国王们还使用戒指进行疗愈，戒指也是当时广受魔法研究者们欢迎的道具，它有着深刻的魔法渊源，传说圣女贞德在法庭上被法官们检查戒指，她不得不抗议自己并未通过戒指实施妖术，而爱德华忏悔者的戒指传说也带来了深入人心的效果。某日，这位国王面前来了一位衣衫褴褛的乞讨者，这位乞讨者向国王请求垂怜，而宅心仁厚的爱德华忏悔者恰好手里没有现钱，故将自己的戒指给了这位乞丐，据传这位乞丐就是布道者——圣·约翰，而后他向两位来自英国的朝拜者归还了来自国王的戒指，并告知他们爱德华忏悔者将"加入上帝的选民团体"②。经过史学家的记载、文学家的改写及后世宗教的宣传，这枚戒指在魔法仪式和现实世界本身建立了联系，人们通过对历史的回溯，证明了爱德华忏悔者被认为拥有魔法一般的治病能力。

（三）王后雕像

《冬天的故事》只有最后一幕涉及了魔法，且魔法的实施媒介之一是赫米温妮的雕像，这尊宝丽娜展现给里昂提斯看的赫米温妮的雕像是由工匠用石头精心打造而成，它过于真实，由侍从的口中先声夺人："公主听见宝丽娜家里

---

①　爱德华忏悔者超自然德行的记载主要经由四个文献：马姆斯伯里的威廉所著《王史》（*Historia Regum*）的一些记载，以及三本传记。一本传记出自无名氏之手，其他两本则分别由克莱尔的奥斯伯特和里沃克斯的艾尔列完成。奥斯伯特写于布卢瓦的斯蒂芬统治时期的 1138 年；艾尔列写于亨利二世统治下的 1163 年。威廉生活的时间稍早，《王史》的第一个版本完成于亨利一世统治期的后半叶，于 1124 或 1125 年。最后，人们通常认为无名氏的《传记》（*Vie Anonyme*）大致与主人公为同时代，大概是在爱德华死后集合而成，大约完成于 1067 年。（[法]马克·布洛赫. 国王神迹：英法王权所谓超自然性研究[M]. 张绪山译. 北京：商务印书馆，2018：30.）

②　[法]马克·布洛赫. 国王神迹：英法王权所谓超自然性研究[M]. 张绪山译. 北京：商务印书馆，2018：138.

藏着一座她母亲的雕像，那是意大利名师裘里奥·罗曼诺费了几年辛苦新近才完成的作品，那真是巧夺天工，简直就像她活了过来的模样；人家说谁只要一见这座雕像，都会向她说话而等着她的回答的。"①雕像的真实性导致里昂提斯也不由得从内心里惊叹："啊，高贵的杰作！在你的庄严里有一种魔术，提起了我过去的罪恶……"②雕像从外观上几乎让所有人坚信王后还活着："我死也不会相信她已经不在——谁能造出这么一件神工来呢？瞧，王兄，你不以为她在呼吸吗？那些血管里面不真的流着血吗？"③"妙极！她的嘴唇上似乎有着温暖的生命"④，而宝丽娜让这座雕像真的变成了王后本人，里昂提斯抱着赫米温妮由衷地感叹"她是温暖的"⑤。

石头材料制成的物件在魔法理论中代表抵制命运的动荡不安，人们相信把一块石头埋在地底下并向石头发誓的做法能保证誓言的亘古不变，因为他们"相信石头能将其坚固和力量赋予誓言"⑥。而这与赫米温妮的命运动荡有着深刻的关联，一开始里昂提斯几乎不关心妻子的想法，正如他所说："笼罩宇宙的天空也不算什么一回事；波希米亚也不算什么一回事；我的妻子也不算什么一回事；这些算不得什么事的什么事根本就没有存在……"⑦他因为自己的善妒之心，片面地认为温柔贤淑的赫米温妮是个败德之人，不分青红皂白地将其

---

① ［英］威廉·莎士比亚．莎士比亚全集（二）［M］．朱生豪译．北京：人民出版社，1994：604.

② ［英］威廉·莎士比亚．莎士比亚全集（一）［M］．朱生豪译．北京：人民出版社，1994：608.

③ ［英］威廉·莎士比亚．莎士比亚全集（一）［M］．朱生豪译．北京：人民出版社，1994：609.

④ ［英］威廉·莎士比亚．莎士比亚全集（一）［M］．朱生豪译．北京：人民出版社，1994：609.

⑤ ［英］威廉·莎士比亚．莎士比亚全集（一）［M］．朱生豪译．北京：人民出版社，1994：610.

⑥ ［英］J.G.弗雷泽．金枝——巫术与宗教之研究（上）［M］．汪培基、徐育新、张泽石译．北京：商务印书馆，2012：60.

⑦ ［英］威廉·莎士比亚．莎士比亚全集（二）［M］．朱生豪译．北京：人民出版社，1994：520.

处死，之后魔法成功，宝丽娜要求里昂提斯不要惊避，否则就是第二次杀了她，在复活的赫米温妮面前，里昂提斯深刻忏悔了自己的罪过，面对石头雕像而发誓证明了他决定改过自新，绝不背弃誓言，这个过程正如原始人选择自己的国王一样，里昂提斯再次选择了赫米温妮重新成为他的妻子，"这是因为用石头的坚定不移来预示誓言的内容将经久不变"。①

纵观上述实体物件媒介，我们可以总结出它们具有两个特点：

1. 浓缩性

魔法可以被视为显化性的仪式活动，它们的能量"会浓缩入少量几个象征行为和物件中"②，斐奇诺将这种浓缩性的物件媒介称为"复合的物体"，意思是这种物件的性质为实体，具有物性，是"质料和形式组成的质形统一体"③，在前文我们论述了莎士比亚戏剧中魔法的类型大多都是下位的自然魔法，而按照杨布利柯的观点，这样的魔法机制就是质料性的④，它们用单一且简单的形式承载了魔法的具体内容，这些魔法的媒介属于浓缩性的工具，为了达到目标而使用，因为作为一种具有仪式性的活动，魔法势必要达到某个目标，而魔法的媒介是达到目标的凭借，它们可以被视为仪式中的仪式象征符号，凭借它们有效地达到魔法的目标，这些符号发起了魔法行动，在魔法场域里它们甚至可以被描绘为一种"力量"。

2. 联想性

联想性来自前文所述的"自然联应性"，正因为自然魔法是一种对自然和宇宙的联应与交感，所以联想性的实质为从可见之物联想不可见之物。"使徒

① ［英］J. G. 弗雷泽. 金枝——巫术与宗教之研究（上）［M］. 汪培基、徐育新、张泽石译. 北京：商务印书馆，2012：60.

② ［英］维克多·特纳. 象征之林——恩登布人仪式散论［M］. 赵玉燕、欧阳锋、徐洪峰译. 北京：商务印书馆，2011：392.

③ ［美］查尔斯·B. 施密特、［英］昆廷·斯金纳. 剑桥文艺复兴哲学史［M］. 徐卫翔译. 上海：华东师范大学出版社，2020：310.

④ ［美］查尔斯·B. 施密特、［英］昆廷·斯金纳. 剑桥文艺复兴哲学史［M］. 徐卫翔译. 上海：华东师范大学出版社，2020：306.

保罗教导我们，上帝的不可见之物是通过可见之物来理解，未见之物是通过它们与所见之物的关系和相似性而被看到的。由此他表明，这个可见的世界给我们有关不可见之物的知识"①，从这段文献我们可以得出结论：在魔法的世界中，联想性的关键在于客观世界事物与看不见之物有着相似性，因此我们需要通过具有自然性的物件媒介来理解自然，由此可知，这些媒介与我们的无意识区域紧密连接。

这种紧密连接的表现在于当我们看到这些物件时立即就会联想到它们的魔法功用，因为其具有类似的品质或者存在事实上或思维上的联系②而与我们的联想紧密连接，它们的"内容与象征符号的外在形式紧密相关，被期望激起的人的欲望和情感所指"③，其中一种联想就是让人感受到粗糙、直白、丑恶、生理性因素，如手指、血液、头发、指甲，还有女巫们可怕的魔蛊就让人联想到诡异且能带来伤害的黑魔法；另一种联想则是让人想到"一些非经验性的权力和效力"④，如国王的护身符、赫米温妮的雕像，分别让人联想到王权神力的护佑和女性的柔软与爱意，魔法书就能联想起不为人知的秘术和知识，它代表了普洛斯彼罗的统治力。

二、场所类：边界性、群体在场性

从表 2.1 中可知，除了实体物件类，莎剧中的魔法还浓缩在一个特定的场所中完成，这样的场所被视为魔法领域，我们能够看到只在这个特定场所里，魔法才能实施。根据梳理，一共有以下的具体场所：《错误的喜剧》中的

---

① 吴功青. 魔化与除魔：皮柯的魔法思想与现代世界的诞生[M]. 北京：生活・读书・新知三联书店，2023：106.
② [英]维克多・特纳. 象征之林——恩登布人仪式散论[M]. 赵玉燕、欧阳锋、徐洪峰译. 北京：商务印书馆，2011：23.
③ [英]维克多・特纳. 象征之林——恩登布人仪式散论[M]. 赵玉燕、欧阳锋、徐洪峰译. 北京：商务印书馆，2011：35.
④ [英]维克多・特纳. 象征之林——恩登布人仪式散论[M]. 赵玉燕、欧阳锋、徐洪峰译. 北京：商务印书馆，2011：38.

以弗所、《冬天的故事》中宝丽娜家的礼拜堂、《暴风雨》中的海岛，它们作为更加宏大的媒介构成了莎士比亚戏剧精妙绝伦的魔法，试列举分析如下。

(一) 以弗所

第一个场所是《错误的喜剧》中的以弗所，这是一个群体空间，莎剧中种种对这座城市的描述都体现出这是神奇的魔法之城，这个城市的人们不得随意越界，人群聚集，充斥着混乱与骗术，且自我认知十分模糊。

开场时公爵的台词如此说道："本来自从你们为非作乱的邦人和我们发生嫌隙以来，你我两邦已经各自制定庄严的法律，禁止两邦人民之间的一切来往；法律还规定，只要是以弗所人在叙拉古的市场上出现，或者叙拉古人涉足以弗所的港口，这个人就要被处死，……"①之后大安提福勒斯抱怨的话也侧面体现了以弗所充斥着骗术："这狗才一定上了人家的当，把我的钱全给丢了。他们说这地方有很多骗子……"②而小德洛米奥也说他住在以弗所许久的大爷得了病，答非所问且神智糊涂："我说，'现在是吃饭的时候了'他说，'我的钱呢?'……他说，'我的钱呢? 狗才，我给你的那一千个金马克呢?'……我说，'大爷，太太叫您回去'他说，'去你妈的太太! 什么太太? 我不认识你的太太!'"③大德洛米奥甚至糊涂到说出他在对着精灵说话："这儿是妖精住的地方，我们在和些山精木魅们说话，要是不服从她们，她们就要吮吸我们的血液，或者把我们身上拧得一块青一块紫的。"④大安提福勒斯最后无奈地认为他们的头脑在这座城市里已经不太正常。

①　[英]威廉·莎士比亚. 莎士比亚全集(一)[M]. 朱生豪译. 北京：人民出版社，1994：385.

②　[英]威廉·莎士比亚. 莎士比亚全集(一)[M]. 朱生豪译. 北京：人民出版社，1994：392.

③　[英]威廉·莎士比亚. 莎士比亚全集(一)[M]. 朱生豪译. 北京：人民出版社，1994：395.

④　[英]威廉·莎士比亚. 莎士比亚全集(一)[M]. 朱生豪译. 北京：人民出版社，1994：404.

（二）礼拜堂

第二个场所是《冬天的故事》中西西里宝丽娜家里的礼拜堂，这是这部戏剧里最后一场才出现的场景，属于个体空间，但是依然是聚集了人群、通过将"门"即帷幕拉下而架设的魔法空间。

礼拜堂里面摆放着死去的赫米温妮王后的石刻雕像，它的重要性经过侍从之口说出："我早就猜到她在那边曾经进行着什么重大的事情；因为自从赫米温妮死了之后，她每天总要悄悄地到那间隐僻的屋子里去两三次……"①而这位侍从提出他们也去助助兴，且第五幕第三场的登场人物几乎是整个故事的所有成员，在他们所有人的注视下，宝丽娜要求他们唤醒信仰，说明魔法不仅要在空间之中，并且也需要借助众人精神的力量完成，但另外一位侍从表示并不是能随便进去，并且"霎一霎眼睛便有新的好事出来"②，故这个礼拜堂构成了一个特别的空间，能够贮存魔法之媒介，且只有特定的人才能出入。

（三）海岛

第三个场所是《暴风雨》中一个不知名的海岛上，开场水手们在海浪中奋力拉桅杆的动作体现了此时海岛周边风暴的迅猛，从普洛斯彼罗和米兰达的对话中，我们知道他们是被普洛斯彼罗的弟弟放逐到这个岛屿上来的："一句话，他们把我们押上船，驶出了十几哩以外的海面；在那边他们已经预备好一只腐朽的破船，帆篷、缆索、桅樯——什么都没有，就是老鼠一见也会自然而然地退缩开去。"③但这并不是一个荒无人烟的小岛，在岛上有着卡列班及他的母亲西考克斯，以及被西考克斯封印的精灵爱丽儿，西考克斯因为作恶多端被

---

①　［英］威廉·莎士比亚．莎士比亚全集（二）［M］．朱生豪译．北京：人民出版社，1994：604.

②　［英］威廉·莎士比亚．莎士比亚全集（二）［M］．朱生豪译．北京：人民出版社，1994：604.

③　［英］威廉·莎士比亚．莎士比亚全集（一）［M］．朱生豪译．北京：人民出版社，1994：13.

从阿尔及尔流放到这个小岛，在这里生下了卡列班，因此无论是西考克斯还是卡列班，严格意义上都不算这座岛屿真正的原住民，普洛斯彼罗从他们的手中接管了这座岛屿。这个情节结合英国真实的航海发现、海难记载①可以大致推测出这个小岛不属于新世界，而是属于旧世界的一部分——百慕大，普洛斯彼罗的魔法也正是在这个小岛上才能够实施，正如他所言："要是现在轻轻放过了这机会，以后我的一生将再没有出头的希望。"②从他的话里来看，他的魔法依托着这座岛屿和机缘巧合才能起效，才有机会将他想要报复的仇人吸引至此，如果不在这座岛屿上行动，他就再也不会有机会复仇，海岛既是他魔法实施的重要场所，对外界而言也成为那神圣与世俗之间的"门"与"帷幕"。

而更为重要的是，精灵爱丽儿为何不能飞走而必须受到普洛斯彼罗的驱使，如果说之前是因为西考克斯的法术没有解除而被迫留下，之后普洛斯彼罗将她用魔法救出后，她却仍然没离开。从剧中台词分析来看，爱丽儿不飞走而接受普洛斯彼罗差遣的原因是这个小岛包括她自身已经变成了普洛斯彼罗高度集中权力的一部分，她的自由被魔法师普洛斯彼罗掌控，正如他恐吓爱丽儿："假如你再要叽哩咕噜的话，我要劈开一株橡树，把你钉住在它多节的内心，让你再呻吟十二个冬天"③，而普洛斯彼罗用他的魔法操纵着这个小岛的一切生息，处于家长制的权威之下，他的魔法控制并再生产整个空间，诚如列斐伏尔所说："空间是一切社会活动、相互矛盾和冲突的一切社会力量纠葛一体的场所"④，在海岛中，这四个角色因为魔法的操控、人际之间的矛盾冲突以及调和而变成了上帝（普洛斯彼罗）—天使（爱丽儿）—人（米兰达、外来者）—动

①　1609 年，一艘满载英国移民的船队驶向弗吉尼亚，途中在百慕大附近遭遇风暴，所有的船员乘客无人丧生，都上了一个荒岛，1610 年，出现了描述这个事件的小册子，其中还包括许多岛上的土著野人生活的细节，因此这个事件有可能给莎士比亚的创作提供了灵感。（张泗阳. 莎士比亚大辞典[M]. 北京：商务印书馆，2001：304.）

②　[英]威廉·莎士比亚. 莎士比亚全集（一）[M]. 朱生豪译. 北京：人民出版社，1994：14.

③　[英]威廉·莎士比亚. 莎士比亚全集（一）[M]. 朱生豪译. 北京：人民出版社，1994：18.

④　朱立元. 当代西方文艺理论[M]. 上海：华东师范大学出版社，2019：419.

物(卡列班)①组成的微型世界，而他们也成为普洛斯彼罗魔法实施的助力，体现了群体性。

纵观上述三类场所媒介，我们可以总结出它们具有两个特点：

1. 边界性

无论是《错误的喜剧》中的魔法之城以弗所，还是《冬天的故事》中的礼拜堂的帷幕，或者是普洛斯彼罗的海岛，都体现了作为魔法场所空间的法力边界，进入这个场所就是进入了魔法效力的范围，这个魔法的范围被国王詹姆斯一世在《恶魔学》中形容为"画圆圈"②，也就是划定魔法的范围边界，在这个区域中"可以进行所有的仪式、魔法活动和庆典，它为集中的力量提供了边界，充当世界神灵的门口"③。

事实上，以弗所在真实的历史中始终是一个保持了宗教与魔法的混乱之地，历史上的以弗所是爱琴海地区主要的贸易中心，通过爱琴海贯穿东西方，圣·保罗(St. Paul)曾经在以弗所传道，他的传道感化了当时在以弗所从前从事魔法的人，后又因希腊人和犹太人争斗陷入分裂④，结果就是人们信仰基督时也保持了对异教的信仰，因此在这个城市中魔法盛行，整个城市形成了混乱的思想场域，从而让人们置身于魔法的世界。在以弗所，魔法的权力可以扩展到人情世故与日常沟通等方面，原因在于这个城市处于东西方的"中立区"，而这个区域又能够被分为若干区段或者边界，中立区对于其居住者而言是神圣的⑤，魔法赋予了这个城市群体对这个魔法之城的占有性，这体现在一旦陌生人踏上这片土地就会受到身心的影响，普通人不得随意越界，否则会从身体和

① 汤平. 魔幻与现实：莎士比亚戏剧中的超自然因素研究[M]. 成都：四川大学出版社，2015：404.

② Katharine M. Briggs. *Pale Hecate's Team*[M]. London：Routledge and Paul. 1962. p. 35.

③ Rosemarry Ellen Guiley. *The Encyclopedia of Witched and Witchcraft*[M]. New York：Facts on File. 1989. p. 219.

④ Laurie Maguire. *Shakespeare's Names*[M]. Oxford University Press. 2007. pp. 158-164.

⑤ [法]阿诺尔德·范热内普. 过渡礼仪[M]. 张举文译. 北京：商务印书馆，2012：21.

心灵的意义上与这个城市的魔法勾连在一起，游动于魔法世界和现实世界的须臾，让处在这个空间里的人产生认知模糊的感受，与此同时，骗术横行的氛围也逐渐将人同化。

《冬天的故事》中的边界是宝丽娜在施展魔法的时候特意提到的帷幕："我要把帷幕拉下了……"里昂提斯制止后她再次询问："我把帷幕拉下了吧？"①这里的"帷幕"也代表着魔法区域的界限。此处的帷幕类似于"门"的结构，象征禁止入内或者符合条件的人才可入内，这种神圣性体现为帷幕、门槛，包括整个礼拜堂，变得具体而令人感受到陌生化。莎士比亚在此将帷幕与希腊铜门坎比作一物，它们有着相同的作用，"是精神范畴或者外部极限之界限之古老同义词"②，当拉下这道帷幕时，就是跨越进入了神圣的空间，进入这个空间的每一个人都将自己与这个魔法世界结合在一起，这个边界和某种魔法的秘密仪式有着内在的联系，它指的也是圣所前的帷幕，"那些举止已经端正、被允许进入圣所的人，一开始也不要让他们的手触碰圣物……一旦他们被允许接近圣物，就让他们在哲学的神职中沉思上帝更高之国的多彩外观，沉思那神圣而华美的服饰和七焰烛台，沉思那帐幕……"③这段对神秘魔法仪式的描写中直接出现了"帐幕"，这更与《冬天的故事》中的帷幕有一定的联系，赫米温妮复活的地方就是礼拜堂，假如它指的是圣所，那么帷幕就指的是进入圣所之前的帐幕，而"不让触碰圣物"的要求也和宝丽娜不允许其他人触碰赫米温妮的石像的要求完全重合，所以当期待着赫米温妮复活的所有人端正了自我的思想后，才被允许进入魔法的圣殿，这道帷幕就是使得他们反思自我灵魂的边界所在。

2. 群体在场性

这几部剧本中展现的魔法都不是在掩人耳目之下实施，而是在众人的见证

---

① [英]威廉·莎士比亚. 莎士比亚全集(二)[M]. 朱生豪译. 北京：人民出版社，1994：609.

② H. Clay Trumbull. *The Threshold Convenant：Or the Beginning of Religious Rites* [M]. New York：Charles Scribner's Sons. 1896. pp. 184-196.

③ 吴功青. 魔化与除魔：皮柯的魔法思想与现代世界的诞生[M]. 北京：生活·读书·新知三联书店，2023：278.

或者合力之下完成，这些相关群体中的人们构成了神圣的世界而处于"神圣范畴"①，这个范畴内群体的组成可以是熟悉的人，比如普洛斯彼罗与女儿，以及爱丽儿、卡列班，也可以是陌生人，如后来加入的腓迪南，其本质的目的是"强化彼此之间的情感氛围以及加强团结"，因此宝丽娜要求在场的所有人提升信仰，普洛斯彼罗在为米兰达和腓迪南庆祝婚姻的时候，在所有人都在的场合召唤出了精灵、仙女、神灵一同体现魔法，而在外来人腓迪南进入这个空间之前，他们必须"停止、等待、通过、进入，最后被聚合"②，因此腓迪南一开始被普洛斯彼罗的魔法控制，按照他的要求做相关的活动，久经考验后被允许迎娶米兰达，实现了魔法操控之下的皆大欢喜。

第二节　语言媒介

除了上文所说的实体媒介，莎剧中的魔法还通过魔法师的语言进行操作，维吉尔曾写过："魔法师的声音，能使月亮降沉……从墓穴中亡灵现身"③，另外，"声音和语词在魔法作工中具有效力，因为在那个自然首先践行魔法的作工中，声音是上帝的"④，由此可见，在早期的西方人的眼里，魔法师的语言具有极大的魔力，他们的语言甚至可以左右魔法的进程。从表2.1中我们可以看出，有两种语言媒介，第一种是女巫语言，第二种是音乐语言，在这里必须解释清楚的是，音乐在莎剧中也是一种语言媒介，它并不是以旋律的方式传达，而是结合在文字之中对我们的感官起作用，因此本书在这里也将音乐视为语言媒介。

---

① ［法］阿诺尔德·范热内普. 过渡礼仪［M］. 张举文译. 北京：商务印书馆，2012：30.

② ［法］阿诺尔德·范热内普. 过渡礼仪［M］. 张举文译. 北京：商务印书馆，2012：33.

③ 伏尔泰. 风俗论(上册)［M］. 梁守锵译. 北京：商务印书馆，1995：131.

④ 吴功青. 魔化与除魔：皮柯的魔法思想与现代世界的诞生［M］. 北京：生活·读书·新知三联书店，2023：187.

一、女巫语言：引诱性

在文艺复兴时期，许多的学者都对女巫的声音、语言抱有相当大的恐惧心理，斯科特曾说奥维德断言女巫的语言能够"引起和控制闪电、雷鸣、雨水、冰雹、风云、暴风雨和地震。……她们能够扯落星月，能用针刺进敌人的肝脏……在空中飞行，与魔共舞"①，当时的詹姆斯一世也认为女巫是恶魔的代言人，她们与恶魔签署协议，恶魔赋予她们特殊的本领，"能够使用含混而欺骗性的语言，缥缈的幻觉，诱惑性的声音"②等迫害他人，因此女巫和她们施行魔法所使用的语言在当时充满了负面的色彩。

莎士比亚也顺势将这样的情感色彩和文化带入了他的《麦克白》里，他在塑造这两部剧作中的女巫们时都对她们的语言进行了极大地突出，后来在他戏剧的演出中也通过一系列的舞台布景和排练方式上演女巫们聚会、唱歌、吟诵咒语，故由此可知在当时的人们及莎士比亚本人看来，女巫的语言是施行魔法的重要媒介之一。在《麦克白》中，女巫们的语言极为神秘且能够轻易地操纵人心，具有强大的引诱性，具体的特点体现在以下两个方面。

1. 使用神秘未知的语言

她们使用的是精简、押韵、令人捉摸不透的"捉弄人的谜语和致命的毫无意义的韵文"③来进行诅咒，而恰恰是毫无意义的声音比有意义的声音更有力④。诚如人类学理论所说："诅咒是用忌讳词语表达的，这些词语具有特别的情感力量，恰恰就是因为它们是禁忌性的，它们引起关注"⑤，因此这种女

①　汤平. 魔幻与现实：莎士比亚戏剧中的超自然因素研究［M］. 成都：四川大学出版社，2015：216.

②　汤平. 魔幻与现实：莎士比亚戏剧中的超自然因素研究［M］. 成都：四川大学出版社，2015：215.

③　K. Ryan. *Shakespeare*［M］. London：St Martin's. 1990. p. 61.

④　吴功青. 魔化与除魔：皮柯的魔法思想与现代世界的诞生［M］. 北京：生活·读书·新知三联书店，2023：187.

⑤　［美］兰德尔·柯林斯. 互动仪式链［M］. 林聚任、王鹏、宋丽君译. 北京：商务印书馆，2012：290.

巫的语言具有强大的引诱性，为《麦克白》中的魔法增添了压抑恐怖的效果。试列举如下：

第一幕开场，三位女巫实施魔法营造魔法氛围，她们的语言也成为莎士比亚作品中最有戏剧性的开场语言之一："何时姊妹再相逢，雷电轰轰雨蒙蒙？且等烽烟静四陲，败军高奏凯歌回。半山夕照尚含辉。何处相逢？在荒原。共同去见麦克白"①，从台词我们可以分析出她们的语言押韵感极强，具有生动的隐喻、强烈的音调、迷人的暗示，强烈的指示性的特点，她们为了去见麦克白从而在荒原笼罩了魔法毒云，为他设下了野心的天罗地网，听见麦克白的到来之后她们开始将语言和动作组合在一起进行魔法仪式："（合）手携手，三姊妹，沧海高山弹指地，朝飞暮返任游戏。姊三巡，妹三巡，三三九转蛊方成"②，而麦克白与班柯在与女巫见面时就已经被蛊惑，女巫们用三个祝福将他们迷惑，于是班柯觉得自己好像吃了毒草一般丧失了理智，麦克白也因为她们的言语彻底利令智昏，生出了夺权之心。第四幕女巫们再次出场时熬制魔蛊来实施魔法，她们念了许多物件媒介的名字，之后赫卡忒女巫上场示意："于今绕釜且歌吟，大小妖精成环形，摄人魂魄荡人心。"③此时她们开始唱幽灵之歌，这里深刻体现了魔法仪式中女巫语言所组成的咒语具有极大的神秘性，在魔法理论中，魔法师们在熬制魔蛊的时候通常是断断续续地念咒语，因为需要配合一系列的仪式行为，所以她们在搅动魔蛊的时候会对着魔蛊说几个词，然后搅动一会儿，再说几个词④，这也造成了女巫语言的不连续性和费解性。

---

① ［英］威廉·莎士比亚．莎士比亚全集（五）［M］．朱生豪译．北京：人民出版社，1994：195．

② ［英］威廉·莎士比亚．莎士比亚全集（五）［M］．朱生豪译．北京：人民出版社，1994：199．

③ ［英］威廉·莎士比亚．莎士比亚全集（五）［M］．朱生豪译．北京：人民出版社，1994：245．

④ ［英］E.E.埃文思-普理查德．阿赞德人的巫术、神谕和魔法［M］．覃俐俐译．北京：商务印书馆，2010：616-617．

2. 为邪恶的目的服务

这些女巫的语言具有"反道德规范的能量"①，她们对麦克白的祝福意在激起他内心的权力欲和贪欲，从而让他走向覆灭。文艺复兴时期女巫属于社会中边缘人物，她们暗示着破坏秩序与反复无常，被认为是加害他人的恶魔原形，因此她们所表现出来的语言是负面情感的结合体。第一幕第三场深刻体现了她们的邪恶报复心，女巫甲因为水手的妻子拒绝给她吃栗子，于是决定去报复那位水手，女巫乙和女巫丙拍手叫好并且要助她一臂之力，与此同时开始用她们的语言给水手下了诅咒："刮到西来刮到东。到处狂风吹海立，浪打行船无休息；终朝终夜不得安，骨瘦如柴血色干；一年半载海上漂，气断神疲精力销；他的船儿不会翻，暴风雨里受苦难。"②因此她们的语言是为了邪恶的报复目的而存在，这种负面的情感与邪恶的行为也将麦克白拖入深渊，第三幕第五场莎士比亚借赫卡忒之口说出了她们的目的，她们的魔法要让麦克白"藐视命运，唾斥死生，超越一切的情理，排弃一切的疑虑……执着他不可能的希望"③，因此她们从来不是如她们面对麦克白时所说的祝福一样抱着善良的心情，而是抱着让麦克白陷入绝望的深渊，追寻注定不属于他的王位的邪恶目的，让他就算登上王座也没有后继者可以继承，所以麦克白才发出这样的感叹："她们把一顶没有后嗣的王冠戴在我的头上，把一根没有人继承的御杖放在我的手里，然后再从我的手里夺去，我自己的子孙却得不到继承。"④这也进一步刺激了麦克白为了王位权力的延续而选择谋杀班柯。

为何女巫的语言具有如此大的引诱性，我们也许能够在 16 世纪左右的女

---

① ［美］兰德尔·柯林斯. 互动仪式链［M］. 林聚任、王鹏、宋丽君译. 北京：商务印书馆，2012：291.

② ［英］威廉·莎士比亚. 莎士比亚全集（五）［M］. 朱生豪译. 北京：人民出版社，1994：198-199.

③ ［英］威廉·莎士比亚. 莎士比亚全集（五）［M］. 朱生豪译. 北京：人民出版社，1994：242.

④ ［英］威廉·莎士比亚. 莎士比亚全集（五）［M］. 朱生豪译. 北京：人民出版社，1994：229.

巫理论中窥见一斑。当时的人们都认为女巫"涉及舌头、毒药、咒语与渗透。女巫使用舌头表达恶毒的咒语，而女巫受恶魔指使毒害身体"①，语言需要通过舌头和声带震动发出，而舌头被视为毒药，特别是女巫的舌头，被普遍认为是一种"危险发热、充满毒液"②的存在之物，因此由她们说出的语言更是具有强大的杀伤力，她们令人费解的诅咒语言是习惯语式的，具有反复性，反道德伦理性，故这样的女巫语言能把接触到她们语言的所有个体"带入集体性的诅咒活动"③。因此女巫们的魔法隐藏在她们的语言里，她们可以随时施术于任何人。

二、音乐语言：引导性

除了女巫的语言之外，还有音乐语言媒介，它在莎剧中的魔法里具有引导性，起到引导人物走向魔法转变的作用。事实上，自然魔法的实施必定要伴随着作为特殊咒语的音乐作为引导，这些音乐一般是俄耳甫斯音乐或者颂歌，它们也被称为俄耳甫斯咒语。俄耳甫斯的咒语和音乐是文艺复兴时期自然魔法的一环，皮柯曾这么说："在自然魔法中，没有什么比俄耳甫斯颂歌更有效，如果给后者添上适宜的音乐、心灵的意愿和智者们知晓的其他条件的话"④，从这句话我们可以看出，语言性的媒介伴随着音乐性的媒介进行，这些是自然魔法本身就伴随着音乐媒介进行，而音乐是自然魔法不可或缺的因素。诚如大魔法家约翰·迪伊所言："俄耳甫斯吟唱的诸神之名不是骗人的魔鬼之名（恶而非善从此而来），而是自然和神圣的力量，它们被真正的上帝为了人的伟大用

---

① 陶久胜.英国大瘟疫时期的国家安全焦虑：《埃德蒙顿女巫》中的毒药、舌头与政治身体[J].社会科学研究，2021(3).

② 陶久胜.英国大瘟疫时期的国家安全焦虑：《埃德蒙顿女巫》中的毒药、舌头与政治身体[J].社会科学研究，2021(3).

③ [美]兰德尔·柯林斯.互动仪式链[M].林聚任、王鹏、宋丽君译.北京：商务印书馆，2012：292.

④ 吴功青.魔化与除魔：皮柯的魔法思想与现代世界的诞生[M].北京：生活·读书·新知三联书店，2023：135.

处安放在世界中……"①

　　莎剧中使用了音乐媒介来实施魔法的剧情主要体现在《冬天的故事》中宝丽娜在实行魔术时唤起音乐："音乐，奏起来，唤醒她！（音乐）是时候了，下来吧，不要再做石头了；过来，让瞧着你的众人大吃一惊……"虽然对这场魔法，莎士比亚着墨不多，但我们可以看出音乐语言媒介在莎剧的魔法里作用非同小可，宝丽娜前期铺垫的所有动作都是为了此时的魔法，她先让众人在内心升起他们的信仰，紧接着开始调动感情，音乐的引导更是让感情达到了高潮。又如《暴风雨》中爱丽儿精灵唱歌吸引岛外来者、普洛斯彼罗为腓迪南和米兰达的感情祝福时奏响音乐，《暴风雨》作为莎士比亚的"诗之遗嘱"与"天鹅绝唱"，在语言及内容浪漫程度上就注定了音乐的参与，事实上这部戏剧也是莎士比亚使用音乐最多的一部。在艺术理论中，音乐被视为表现型艺术，旨在抒发感情，而音乐在莎剧的魔法书写里也得到了细致入微的浪漫展现，这种浪漫的氛围与热情的表现力诚如别林斯基所说："何等丰富多彩的幻想！……这就是真正的幻想对象的世界！这里既有高级的正剧，也有滑稽的喜剧，又有奇妙的神话，这一切又是如此水乳交融，彼此交相渗透，构成了如此妙不可言的整体！"②

　　有一个问题需要在此澄清，虽然在《暴风雨》中，使用音乐媒介的是爱丽儿，它的原形是"一阵空气"③的精灵，这似乎并不符合本书的魔法条件，但是我们已经由前文的论述可以得知，爱丽儿能够使用魔法也是因为普洛斯彼罗这个魔法师操控的结果，她的魔法来源于普洛斯彼罗，因此严格意义上来说，还是普洛斯彼罗这个现实中的人在操作魔法，因此这是可以符合定义的，爱丽儿

---

　　①　吴功青．魔化与除魔：皮柯的魔法思想与现代世界的诞生［M］．北京：生活·读书·新知三联书店，2023：136.

　　②　杨周翰．莎士比亚评论汇编（上）［M］．北京：中国社会科学出版社，1979：440.

　　③　［英］威廉·莎士比亚．莎士比亚全集（一）［M］．朱生豪译．北京：人民出版社，1994：74.

使用的音乐一言以蔽之，就是"让无尽的想象恣意驰骋，把浪漫、奇妙和狂野发挥到最愉悦的极致"①。爱丽儿的第一次引导是在用音乐吸引腓迪南的到来时，她纵情歌唱："来吧，来到黄沙的海滨，把手儿牵得牢牢，深深地展拜细吻轻轻，叫海水莫起波涛，柔舞翩翩在水面飘扬；可爱的精灵，伴我歌唱"②，腓迪南听得如痴如醉，不由得感叹这音乐从何而来，这种美妙的音乐甚至可以"安定了他激荡的感情"③，于是他跟随音乐前来，这段魔法音乐也注定了他和米兰达的相遇。爱丽儿使用音乐的第二次引导发生在第二幕第一场，她使用庄严的音乐吸引进入荒岛的阿隆佐等人，在西巴斯辛与安东尼奥准备杀死贡柴罗时，又是爱丽儿用音乐阻止了这场阴谋，而面对斯丹法诺与特林鸠罗，爱丽儿则用吹奏的曲子让他们又惊又怕，而后她奏起小鼓，让这两个酒鬼狂野且欢快地被音乐吸引到普洛斯彼罗为他们精心设下的魔法中。

值得注意的是，第四幕第一场出现了全剧最为动人的音乐，普洛斯彼罗让爱丽儿和其他精灵扮作神灵为腓迪南和米兰达的爱情送上祝福，这虽然是群像的音乐，但是仍然属于魔法媒介的一环，这就呼应了前文所叙述的魔法仪式性，此处的音乐媒介为米兰达与腓迪南营造出了浓郁的神秘氛围，暗示着婚姻美好和喜悦的歌词也引导他们发誓拥有一段真挚的爱情。第五幕第一场，爱丽儿再一次使用了音乐，唱着歌按照普洛斯彼罗的吩咐让他们恢复理智，这是爱丽儿的第三次引导："蜂儿吮喂的地方，我也在那儿吮喂；在一朵莲香花的冠中我躺着休息；我安然睡去，当夜枭开始它的呜咽。骑在蝙蝠背上我快活地飞舞翩翩，快活地快活地追随着逝去的夏天；快活地快活地我要如今向垂在枝头

---

① 汤平. 魔幻与现实：莎士比亚戏剧中的超自然因素研究[M]. 成都：四川大学出版社，2015：318.

② [英]威廉·莎士比亚. 莎士比亚全集(一)[M]. 朱生豪译. 北京：人民出版社，1994：21.

③ [英]威廉·莎士比亚. 莎士比亚全集(一)[M]. 朱生豪译. 北京：人民出版社，1994：22.

的花底安身"①，在唱完这首歌之后，普洛斯彼罗宣布爱丽儿获得自由，这也是爱丽儿最后一次引导，她引导自己走向了翱翔天地的自由，而普洛斯彼罗也被音乐间接地改变了精神世界。

在西方魔法理论中，音乐媒介也是实施魔法的极为重要的一环，文艺复兴时期的神学理论里强调音乐能够影响人的精神，"声音能够渗入身体，影响体内血液中产生的情绪"，从而直接影响灵魂的改变，这意味着音乐具有能和精神沟通且影响灵魂的神性，我们"可以把音乐设想成一个自主的声音世界，类似于具有基本定律的大宇宙，与超出感官世界的绝对精神实在有精确的对应"②，因此音乐在魔法中可以看做是有独立生命力的媒介，它的出现代表着宇宙秩序和我们精神的自然联应，总体而言，音乐在莎剧中是基于自然联应性而构造了整个莎剧魔法世界的图景，代表了自然和宇宙的音乐神力，它能在精神上引导人们走向魔法的转向。

综上所述，语言媒介包括了女巫语言和音乐语言，女巫语言以《麦克白》中三位女巫的语言为主要代表，它体现了极强的引诱性，但这种引诱性是负面的，它用不为他人所理解的女巫语言展现了负面的情感，它为邪恶的目的服务，让麦克白陷入痛苦的深渊；音乐语言以《暴风雨》及《冬天的故事》为主，这种语言媒介体现了积极向上的引导性，爱丽儿通过音乐引导腓迪南与米兰达走向美满幸福的生活，间接促使普洛斯彼罗本人的精神开始转变，她也用音乐引导恶人陷入魔法的陷阱，让他们知错并且得到惩罚，这些情节体现了惩恶扬善的魔法伦理思想，宝丽娜通过音乐唤起在场所有人的情感与信念，让赫米温妮在爱与神性的光辉之中通过魔法复活，体现了音乐媒介在魔法中有凝聚情感的作用。

总结如表2.2：

---

① [英]威廉·莎士比亚．莎士比亚全集(一)[M]．朱生豪译．北京：人民出版社，1994：76.

② [荷]乌特·哈内赫拉夫．西方神秘学指津[M]．张卜天译．北京：商务印书馆，2018：195.

表 2.2　　　　　　　　　　　**媒介特点总结表**

媒介大类	媒介小类	特点总结
实体媒介	物件类	浓缩性、联想性
	场所类	边界性、群体在场性
语言媒介	女巫语言	引诱性
	音乐语言	引导性

第三章 转变现状与观念的冲突复合：
莎剧"魔法"的效果与隐喻

本书前两章的论述分别从概念层面对"魔法"进行了区分与界定，先定义了魔法的特点，再以此特点区分莎剧超自然因素之中符合定义特点的魔法，接着从微观角度上区分了莎剧中魔法的实体媒介和语言媒介，紧接着，本部分将论述魔法媒介带来的效果，即魔法凭依着这些媒介实施法术后带来的最终效果是转变现状，即由"低"转"高"，由"坏"转"好"的神性转变以及由"好"转"坏"的魔性转变。

因此，从概念的区分到对象的分析，从魔法的实施到以魔法转变现状，我们已经充分地展现了莎剧"魔法"的书写方式，然而，"魔法"的背后还隐含着关乎着整个文艺复兴时代思想观念复合的深刻隐喻，诚如理查德·凯克海弗所说："魔法是宗教与科学，流行文化形式与已知文化形式，现实与虚构相互交织的十字路口"①，它的背后隐喻着想象与现实、神学与科学两对双重观念的复合。

第一节 魔法效果：转变现状

由第二章的论述可知，媒介在莎士比亚戏剧的魔法书写中有着诸多特点，

① Richard Kieckhefe. *Magic in the Middle Ages* [M]. New York：Cambridge University Press. 1989. p. 1.

无论是实体媒介还是语言媒介，它们都能够使魔法起效，即魔法师能够通过它们来实现愿望或者进行攻击，第二章的媒介分析主要是从微观的角度阐述魔法的作用需要使用实体媒介与语言媒介，本部分主要以宏观的角度分析魔法给施术者和受术者们带来的总体效果，即现状的转变，这种转变不仅可以作用于他人，也可以作用于魔法师本人。

　　转变在神学理论中指的是"人或者自然经由它（转变）可以达到更高的灵性状态或者是神圣状态"①，也能够逆转现状和所经历的过程，在莎剧中，人物使用魔法或者作为魔法的承受者，试图在与自然联应的基础上，通过一系列的仪式，结合相关的实体或者语言媒介来转变因果关系，莎剧中的转变可以分为神性转变与魔性转变——前者以普洛斯彼罗与赫米温妮为代表，后者以麦克白夫妇为代表，但是这两类转变有着直接和间接的区别，前者属于直接转变，后者属于间接转变。

　　如表 3.1 所示：

表 3.1　　　　　　　　　　　　　　　　**转变现状分类表**

转变性质	代表人物	转变方式	转变特点
神性转变	普洛斯彼罗（《暴风雨》）	知识→控制→进步	直接转变
	赫米温妮（《冬天的故事》）	合一→快乐	
魔性转变	麦克白夫妇（《麦克白》）	逢魔→自噬	间接转变

一、神性转变：普洛斯彼罗与赫米温妮

　　神性转变以普洛斯彼罗和赫米温妮为例，魔法给他们造成的转变是直接转变，前者是魔术师，他在实施魔法的时候不仅转变了自然、他人，也让他个人

---

　　①　[荷]乌特·哈内赫拉夫．西方神秘学指津[M]．张卜天译．北京：商务印书馆，2018：6.

的魔法阶位与心灵状态直接改变；后者是直接受到宝丽娜的魔法影响，转变生死，脱胎换骨，即无论是魔法师还是受术者，他们都能够通过魔法转变自己的精神，脱离物质的束缚，重新认知自我，获得神性的提升。普洛斯彼罗的转变路径为知识到控制再到进步，赫米温妮转变方式是从合一到快乐，以下对此进行论述。

(一)普洛斯彼罗的由下至上

普洛斯彼罗是《暴风雨》中极具张力的角色，他被视为代表着文艺复兴时期最伟大魔法师约翰·迪伊的文学形象，也被大家视为莎士比亚本人的象征。事实上，由前文可知，文艺复兴时期的魔法理论尤其强调魔法师的作用，因为魔法师作为一个可以与宇宙与自然进行联应的人，是一个"和大宇宙同构的小宇宙"①，托马斯·阿奎那也如此说道："人被称之为小宇宙，是因为在人之中可以发现受造世界的所有部分"②，因为人无论是身体还是灵魂，都能够包含宇宙的所有元素，人本身也能和自然、超验的上界形成联应，也"唯独人才具有这种包含和连接万物的能力"③，因此人可以成为具有操纵神力的魔法师，可以影响和操控大宇宙。由此，魔法师可以将自然潜藏的奥秘显现给世人，他们"利用自身的能力，将宇宙的交感呈现出来，魔法也就随之产生"④，从而深刻地影响整个世界，而魔法师的能力来源于对魔法知识的掌握，更来自灵魂的强大，这在普洛斯彼罗的身上有显著的体现。

首先他是一个能够实施魔法的人，其次他具有高超的魔力，能够从书本中

---

① 吴功青．魔化与除魔：皮柯的魔法思想与现代世界的诞生[M]．北京：生活·读书·新知三联书店，2023：119.

② 吴功青．魔化与除魔：皮柯的魔法思想与现代世界的诞生[M]．北京：生活·读书·新知三联书店，2023：121.

③ 吴功青．魔化与除魔：皮柯的魔法思想与现代世界的诞生[M]．北京：生活·读书·新知三联书店，2023：126.

④ 吴功青．魔化与除魔：皮柯的魔法思想与现代世界的诞生[M]．北京：生活·读书·新知三联书店，2023：127.

学会魔法并且运用，再次他使用强大的白魔法。他的魔法具有很强的控制性，能够让卡列班心有不服但还是感叹"我不得不服从，因为他的法术有很大的力量"①，且西考克斯设置的控制爱丽儿的魔法在她死后也未能解开，普洛斯彼罗能够凭借他的魔法瞬间解除，这就说明在莎士比亚的戏剧中，白魔法强大胜过黑魔法，而莎士比亚通过这段描写，暗合着赞扬白魔法的作用——打击心怀不轨且罪恶加身的人，引导他们弃恶向善。但他笔下的普洛斯彼的魔法在一开始属于下位魔法，并且他在实施的过程中带着负面的心态，也就是渴望复仇与伤害敌人，而到了后期，他开始怀着宽恕的心态使用魔法，并且做出舍弃魔法的举动，这意味着一种转变的生成，正如学者所提出的："普洛斯彼罗放弃粗糙的'艺术'，或'粗糙的魔法'，代表着普洛斯彼罗在这个过程获得了神的超越"②，在这个转变中他本人的魔法转向了神性的觉醒，开始走向上位魔法对于永生和神性的追求。

　　普洛斯彼罗魔法的第一个阶段叫"知识"。这个时期他使用的魔法的具体特点体现为他对他的魔法书的极度重视，他通过人为的训练而阅读、生产、再现书中的魔法。《暴风雨》中普洛斯彼罗在被驱赶之前就已经开始通过读魔法书来研究魔法，如他所说："我因为专心研究，便把政治放到我弟弟的肩上，对于自己的国事不闻不问，只管沉溺在魔法的研究中……书斋便是我广大的公国。"③卡列班在向特林鸠罗和斯丹法诺建议除掉普洛斯彼罗时也提到了他的书："那时您先把他的书拿了去……记好，先要把他的书拿到手；因为他一失去了他的书，就是一个跟我差不多的大傻瓜，也没有一个精灵会听他指挥：这

　　① ［英］威廉·莎士比亚．莎士比亚全集（一）［M］．朱生豪译．北京：人民出版社，1994：21.

　　② Donald Carlson. "*'Tis New to Thee*"：*Power，Magic，and Early Science in Shakespeare's The Tempest*［J］. The Ben Jonson Journal 22. 1. 2015. p. 19.

　　③ ［英］威廉·莎士比亚．莎士比亚全集（一）［M］．朱生豪译．北京：人民出版社，1994：10-12.

些精灵们没有一个不像我一样把他恨入骨髓。只要把他的书烧了就是了。"①最后普洛斯彼罗的告白中最后一次提到了他的书："以后我便将折断我的魔杖，把它埋在幽深的地底，把我的书投向深不可测的海心。"②可以说正是魔法书开启了魔法师探索自然和宇宙的奥秘，因此魔法书受到的重视程度是无人可比的。目前并不能考证魔法书的具体原型，但参考文艺复兴时期的思想背景以及下位自然魔法的定义和对文艺复兴时期魔法理论的参考，可以大概做出以下两个推断。

　　首先，魔法书这个元素的出现代表着知识的兴盛，也体现了文艺复兴时期印刷术的盛行，按照《剑桥文艺复兴哲学史》中所述，早在文艺复兴之前，印刷术就已经在意大利"学术复兴"之时起了重要的作用，它加快了思想的传播与普及，让古代的典籍通过翻印从而向民众们开放，同时这种技术也使得人们能够更快地学习到古代与现代的知识，极大地方便了学术的研究和知识的俗世化。而当时所有的印刷品皆翻印的是中世纪所流传而来的抄本，这些抄本大多是英格兰的"逻辑学与自然哲学抄本"③。而文艺复兴时代的到来促进了印刷业再一次的高峰，更加推动了公共图书馆向大众开放，这使得当时普通人们通过纸制品获得知识成为一种可能，而联系莎士比亚本人的求学历程也能得到他通过书籍拥有诸多知识的印证，根据《莎士比亚传》中所写，他的父亲约翰·莎士比亚不遗余力地让包括莎士比亚在内的孩子们接受教育，因此我们可以看到，莎士比亚在斯特拉福文法学校接受了较好的教育，学习拉丁词法、《基础句型》以及《威廉·李利语法》④，这可以有力地推翻某些怀疑莎士比亚其实文

---

① ［英］威廉·莎士比亚. 莎士比亚全集（一）［M］. 朱生豪译. 北京：人民出版社，1994：55.

② ［英］威廉·莎士比亚. 莎士比亚全集（一）［M］. 朱生豪译. 北京：人民出版社，1994：75.

③ ［美］查尔斯·B. 施密特、［英］昆廷·斯金纳. 剑桥文艺复兴哲学史［M］. 徐卫翔译. 上海：华东师范大学出版社，2020：16.

④ ［英］西德尼·李. 莎士比亚传［M］. 黄四宏译. 北京：华文出版社，2019：16-18.

化程度很低的论断，他能够通过印刷出来的抄本阅读来自古代的典籍①，甚至有在图书馆借阅书籍阅读的可能，《莎士比亚传》记述："牛津大学图书馆有一本阿尔定版的奥维德《变形记》（1502），标题处就有 W. S. 字样的签名，专家称——当然不是很确定——这个签名是莎士比亚的真迹"②，虽然字迹无法确认是莎士比亚本人的，但如果按照字迹为真来推断，莎士比亚无论是从图书馆借阅或者是私下买到这本书，都能证明他通过印刷的书获得了戏剧素材，而尤其值得注意的是这本《奥维德》版本是 1502 年版，此时正是印刷术发展突飞猛进的阶段，因为"在 1501 年，托马斯·阿奎那的著作就印了 200 多次……学童及成年学者可以拥有自己的语法、词汇及基本阅读材料的印刷本"③，这些足以证明莎士比亚在印刷术迅猛生长而带来的典籍翻印化、知识下沉化的时期获益良多，故莎士比亚戏剧创作的积累阶段中，书籍对他产生了较为重要的影响。

　　其次，虽然这体现了书籍与印刷术在文艺复兴时期的重要知识性作用，但这本魔法书在莎士比亚的剧本里没有一次出现过实体细节的描述，仅仅只是以"书"这个名字出现，强调的都是它的重要性。而未曾涉及其中的内容。因此我们的第二个推断是这本所谓的"魔法书"就是包含了神秘学所有知识的自然之书，它来自"上帝的两本书"这个概念，意为上帝不仅书写了《圣经》，还写作了自然之书，后者并不是一种实体概念，仅是一种比喻，因为按照理论家们

---

　　①　《莎士比亚传》中记述他在斯特拉福文法学校还精读塞涅卡、特仑斯、维吉尔、普劳图斯、奥维德、贺拉斯等人的作品。在读书的阶段他能够接触到的书除了正文及上述所列举的之外，还有《圣经》（1560）和霍林希德的《编年史》，但经过华兹华斯主教的考证，莎士比亚对于《圣经》词汇和故事的运用停留在早期理解的水平，因此不能完全推断他的知识水平有限，但掌握的程度也并没有这么深厚。（［英］西德尼·李. 莎士比亚传［M］. 黄四宏译. 北京：华文出版社，2019：15、20.）

　　②　［英］西德尼·李. 莎士比亚传［M］. 黄四宏译. 北京：华文出版社，2019：19.

　　③　［美］查尔斯·B. 施密特、［英］昆廷·斯金纳. 剑桥文艺复兴哲学史［M］. 徐卫翔译. 上海：华东师范大学出版社，2020：33-34.

的论述来看，"整个可感世界就像上帝亲手书写的(即由上帝的力量创造的)一本书"①，故我们可知，这本书可能在实际上没有实体，只是自然本身及历代魔法师内在智慧的凝结体，是当时所有自然奥秘的总集，因为这本所谓的自然之书实际上是为了告诉人们，上帝将自然的奥秘写进了自然，需要人们去进行解读，亦即将某种不可见之物阐发为可见之事，所以这本魔法之书其实是一种方法，告诉魔法师如何去解释自然。因此不难理解为何当时的神秘学研究者认为，自然魔法实施者的首要任务就是阅读自然之书，达到对一切自然的认识。

虽然在莎剧中普洛斯彼罗确实有一本重要的魔法书，且后世格林纳威的实验性电影就将这本魔法书设定为包含了"动物志、草本志、宇宙志、地图集、天文集、语言书、理想国、游记、游戏集……色情书、运动书、爱情书、色彩书及建筑音乐书"②的百科全书，它甚至让普洛斯彼罗拥有了"驱使死者、令海神俯首的强大力量"③，但是卡列班的台词中提到了普洛斯彼罗如果失去了这本魔法书，就会变成一个什么也不知道的傻子，亦即普洛斯彼罗失去了魔法书就不会操作魔法，这句台词提示了我们，这有悖于我们正常的学习路径。按道理来说，普洛斯彼罗从很早的时候就开始学习魔法，且对魔法的操作相当熟练，另外，在剧本中我们没有发现他每次施法还需要去看魔法书的剧情，因此莎士比亚这句台词隐晦地暗示了我们，这本"魔法书"其实并没有真正的实体，它指的是普洛斯彼罗作为一位魔法师所掌握的所有自然奥秘，是意识之物，而不是实体之物。由此看来，这个时期他所运用的魔法基本不涉及最高的神性，而只是单纯的自然魔法，属于下位魔法，从书本中取得经验性的总结，具备初步的魔法再现能力。

普洛斯彼罗魔法转变的第二个阶段叫"控制"。这个阶段他的魔法旨在对

---

① [澳]彼得·哈里森.圣经、新教与自然科学的兴起[M].张卜天译.北京：商务印书馆，2019：3.

② 胡鹏.莎士比亚的印刷术与怀疑主义[J].外国语文，2018(04).

③ Greenaway Peter. *Prospero's Books：A Film of Shakespeare's The Tempest*[M]. New York：Four Walls Eight Windows. 1991. pp. 9-12.

受体进行操控，也就是对某种实在产生影响或者支配，他控制自然界的风暴，让天地异变，在用魔法解放了爱丽儿后，他就开始操控爱丽儿："你倘然好好办事，两天之后我就释放你"①，奴役卡列班："懂事的话，赶快些。因为还有别的事要你做。"②利用爱丽儿来操控腓迪南前来洞穴，在腓迪南试图对抗他的魔法时被他控制行为："不，我要抗拒这样的待遇，除非我的敌人有更大的威力。（拔剑，但为魔法所制不能动。）"③在听到米兰达的求情后普洛斯彼罗恼羞成怒："什么！小孩子倒管教起老人家来了不成？——放下你的剑，奸细！你只会装腔作势，但是不敢动手，因为你的良心中充满了罪恶。来，不要再装出那副斗剑的架式了，因为我能用这根杖的力量叫你的武器落地。"④在这个阶段，他使用魔法惩戒想要伤害清白的卡列班，这种惩戒之中包含着泄愤与控制，虽然一开始在面对着腓迪南时他利用魔法对他进行压制，随着时间的推移，在发现米兰达与腓迪南真心相爱时他利用魔法让腓迪南更加深刻地爱上米兰达。因此这个时期他的魔法体现为一种"个人自我实现的精神目标"⑤，他自豪于自己具有的操控能力与魔法，全力以赴地要推进复仇，希望一切如他所愿。但正如弗雷泽在《金枝》中所说，魔法师总会在思想上升的过程中发现自身能力的局限性，此时才是从低级的魔法向宗教性的高级魔法转变的关键时刻，因此，当普洛斯彼罗处于这个节点时，"他一寸一寸地叹息着放弃他曾一度认为是属于自己的地盘。他承认自己不能随心所欲地支配的事物……"⑥而

①　[英]威廉·莎士比亚．莎士比亚全集（一）[M]．朱生豪译．北京：人民出版社，1994：18．

②　[英]威廉·莎士比亚．莎士比亚全集（一）[M]．朱生豪译．北京：人民出版社，1994：21．

③　[英]威廉·莎士比亚．莎士比亚全集（一）[M]．朱生豪译．北京：人民出版社，1994：25．

④　[英]威廉·莎士比亚．莎士比亚全集（一）[M]．朱生豪译．北京：人民出版社，1994：25．

⑤　[荷]乌特·哈内赫拉夫．西方神秘学指津[M]．张卜天译．北京：商务印书馆，2018：133．

⑥　[英]J.G.弗雷泽．金枝——巫术与宗教之研究（上）[M]．汪培基、徐育新、张泽石译．北京：商务印书馆，2012：103．

这个节点到来的契机源自普洛斯彼罗与爱丽儿的对话，当爱丽儿描述了国王和侍从们被魔法折磨的惨状时，普洛斯彼罗这么感叹："我是他们的同类，跟他们一样敏锐地感到一切，和他们有着同样的感情，难道我的心反会比你硬吗？"①似乎这个契机非常巧合，前一幕的普洛斯彼罗还愤恨地想要完成复仇，这样的他真的会只因为爱丽儿的话而察觉到这种残酷吗？我们可以通过台词进行合理的推测，普洛斯彼罗紧接着这么说："我宁愿压伏我的愤恨而听从我的更高尚的理性；道德的行动较之仇恨的行动是可贵得多的。要是他们已经悔过，我的唯一的目的也就达到终点，不再对他们更有一点怨恨。"②可以说真正使得普洛斯彼罗觉醒的因素就是高尚的理性与道德的行动，当意料到这个问题时，普洛斯彼罗的灵魂开始动摇，面对着善良的贡柴罗，他的魔法开始渐渐消退，但这不代表他的魔法开始退步，而是走向了第三个重要的神性阶段。

　　普洛斯彼罗魔法转变的最终阶段叫"进步"。这个时期是普洛斯彼罗魔法精神最重要的阶段，它代表着个人精神的突破性发展，走进这个阶段的魔法师开始从控制他人转向认识自我，也就是从"自我实现"转向发现"真我"，直到走向最后的自由——他开始尝试跳脱出自身的喜好与判断，攀升更高的智性，虽然他说要服从更高尚的理性，且人一旦有充足的理性，就有能力践行魔法，但是人"如果只局限于理性，就会止步于自然魔法"③，因此在戏剧的末尾他对腓迪南说："原谅我不能控制我的弱点"④，在迈入最终阶段前，他通过与爱丽儿的对话进行了深刻的反思，这个中间性质的阶段在魔法理论中叫"沉思"，这也是"进步"阶段前的过渡性阶段。

———————

① ［英］威廉·莎士比亚. 莎士比亚全集（一）［M］. 朱生豪译. 北京：人民出版社，1994：74.

② ［英］威廉·莎士比亚. 莎士比亚全集（一）［M］. 朱生豪译. 北京：人民出版社，1994：74.

③ 吴功青. 魔化与除魔：皮柯的魔法思想与现代世界的诞生［M］. 北京：生活·读书·新知三联书店，2023：188-189.

④ ［英］威廉·莎士比亚. 莎士比亚全集（一）［M］. 朱生豪译. 北京：人民出版社，1994：68.

需要说明的是，普洛斯彼罗早期通过阅读自然之魔法书学习魔法的阶段是知识阶段，也是掌握事物原理的阶段，作为对自然中隐秘知识的初步思考与学习阶段。但这个"沉思"的中间阶段与第一个知识阶段有一定差别，虽然这个阶段也是对魔法进行反省与思考，但它着眼于思考魔法师自我的感情与灵魂深处的德性，在莎剧中，此时的普洛斯彼罗已经深刻感受到自己的魔法是狂暴的，爱丽儿对普洛斯彼罗说他的魔法过于强大，已经对上岛的人们造成了伤害，并且说："如果我是人类，主人，我会觉得不忍的。"①爱丽儿是普洛斯彼罗救出的精灵，受普洛斯彼罗的魔法操控，可就连这个对他百依百顺的精灵也会因为魔法过于残忍而感同身受地表示痛苦，因此这个时候普洛斯彼罗的智性与神性开始觉醒，他开始意识到魔法并不能真正解决所有问题，他可以通过奴役和强迫操控爱丽儿和卡列班，但改变不了爱丽儿向往的自由和卡列班的本性，他可以通过魔法惩戒恶人，但是改变不了他们的心，正如涂尔干所说："人的本性是不断改造动物的本性形成的"②，普洛斯彼罗更是在面对仇敌而尝试用魔法改造的过程中发现了自己真正的德性。对于普洛斯彼罗而言，爱丽儿和卡列班以及他的仇人们起初在他的心里都不是正常的形象，卡列班更是代表了原始的、恶劣的动物本性，但普洛斯彼罗在这个魔法实施的过程中深刻意识到了应该完善自我的灵魂，使得他成为一个具有德性的高尚的人，于是最后他决定舍弃自己所有的魔法，将魔法杖彻底折断，将魔法书沉入深不见底的海心，做回一个普通的凡人。这种理想并不意味着被动地屈从于平凡或者真地毁灭魔法，此时才是莎剧魔法的至高境界——全部的"神性潜能"被精神力量的进步激活得到展开，这位文艺复兴时期的魔法师真正变为人文主义者，他能够创造自己的现实，他实现了由下位魔法转向了神性的上位魔法，他的宽恕才是真正的上位魔法，即以神性"有意识与负责任地生活，努力按照自己的信念规

---

① ［英］威廉·莎士比亚. 莎士比亚全集（一）［M］. 朱生豪译. 北京：人民出版社，1994：74.

② ［法］爱弥尔·涂尔干. 宗教生活的基本形式［M］. 渠东、汲喆译. 北京：商务印书馆，2011：86.

训日常生活与行动"①，控制和驾驭自己的情感，了解自己能力的局限，思考万事存在的意义，为生死与善恶划清边界，给他人及自己以自由。

以上的论述体现了一个魔法师典型的进化途径，作为一位魔法师，他不能够只凭自己的善恶喜好，不分好坏地进行操作，"而必须将自身提升到理性的水准之上"②，只有达到理性以上，魔法师才能真正迈入高阶魔法的阶段，利用灵魂之能力，连接每一个个体，此时的魔法师才是真正自由的，如果说之前的普洛斯彼罗使用魔法是因为受到了自身情感与经历的控制，是靠着魔法书中的奥秘来实施魔法，那么他实际上仍然是受到自然操控的一方，但当他主动舍弃了自己的魔法书时，他才能从低级的自然迈入新的神性阶段，才能开始自由地操控魔法，魔法书虽然能教会魔法师所有玄奇的奥秘，能够让魔法师实施改天换地的魔法，但是这最终束缚了魔法师本人的灵魂，他不靠着魔法书就没办法操作魔法，只有敢于脱离低级的自然以及自身好恶的束缚，魔法师才能成为独立于宇宙的自由个体，这也和莎士比亚本人最终选择捐弃一切神力回归自我的选择一致。

因此我们可以相信，正是魔法推动了文艺复兴时期人文精神的辉煌，体现了人文色彩的精彩纷呈，同时，魔法也加快了主体性的诞生步伐，魔法师的形象，就深刻体现了文艺复兴的人本主义，也就是追求自我的超越与自由的升华。可以从上述分析得出结论：普洛斯彼罗的魔法从自然的魔法转向成充满自由与神性的魔法，就完成了从初级的下位魔法走向上位魔法的转变，因此魔法师可以通过自然的魔法把握自然运行的法则，这是神性的高度，他的灵魂通过沉思和反省，超越了理性，提升到了智性的高度，如果没有魔法师这个人作为魔法的主体，魔法就会失去自由性，"只有当一个人成为魔法师，随心所欲地连接万物，他才能成为宇宙的主人；只有当魔法师开始魔法操作，他的灵魂才

① [荷]乌特·哈内赫拉夫. 西方神秘学指津[M]. 张卜天译. 北京：商务印书馆，2018：141.

② 吴功青. 魔化与除魔：皮柯的魔法思想与现代世界的诞生[M]. 北京：生活·读书·新知三联书店，2023：128.

能获得成全，完成自我的塑造"①，这才是文艺复兴时期人文主义者真正的追求，这样的魔法才是感化人类、改变世界的真正力量。

在此，莎士比亚通过普洛斯彼罗的谢幕，荣耀满身地退出了属于他的戏剧时代，但普洛斯彼罗的"魔法"之谜仍然被不断地提起和解读。而世人反复赞颂的莎士比亚最后的一部戏剧，实质上是一首富有想象力与充满神性的救赎性的精神颂歌，在剧中，莎士比亚饱含着对所有人类与所有情感的怜悯，以普洛斯彼罗的魔法所经历的转变呼唤着每一颗心灵的觉醒，他在《暴风雨》中书写的魔法自愤怒与不甘中宣泄而下，最终却奇迹般地挣脱自我与自然的束缚走向极致的神性，他伟大的构思宛如碧海之下游动的长鲸，也如天空中翩跹而过的蝴蝶，姿态优柔，深情婉转地留存在文学世界的集体记忆里。

（二）赫米温妮的起死回生

《冬天的故事》中直接描写魔法的内容只有最后一部分赫米温妮复活的场景，第二章媒介部分已经论证这个魔法是用赫米温妮的石像当做媒介，通过宝丽娜的引导而复活，因此这是一种起死回生。事实上，按照前文所述，魔法具有自然联应性，其本质源于对自然的感应，因此古代的智者为了吸引神明降临，"在地上建造神殿和雕像"，为了让神和伟大的灵魂降临人世间。这种行为建基于"利用灵魂的相似性"②的思想。而根据剧情，宝丽娜很谨慎地将这尊石像存放在礼拜堂并且不是所有人都能进入来看，很可能这尊石像也是赫米温妮灵魂的存放处，因为文艺复兴时期的魔法师们将生命理解为具体的物质，"可以离开身体通过远距离的操作使得人体保持生机勃勃"③，只要保存灵魂的

---

①　吴功青. 魔化与除魔：皮柯的魔法思想与现代世界的诞生［M］. 北京：生活·读书·新知三联书店，2023：23.

②　吴功青. 魔化与除魔：皮柯的魔法思想与现代世界的诞生［M］. 北京：生活·读书·新知三联书店，2023：112.

③　［英］J. G. 弗雷泽. 金枝——巫术与宗教之研究（下）［M］. 汪培基、徐育新、张泽石译. 北京：商务印书馆，2012：1029.

物体不受到伤害，人就能够复活，早期的魔法记录过这样将灵魂存放在无生命的物体特别是石头中："人的灵魂与这块石头结合在一起。石头如果裂开，就是此人的恶兆。人们说雷电已经轰击了这块石头，石头的主人不久就要死亡……"①因此我们就能理解为何宝丽娜的礼拜堂不允许人随意进入，也不允许里昂提斯等人惊叹于真实性的亲吻或者触摸："她嘴上的红润还没有干燥，吻了之后要把她弄坏了"②，因为存放灵魂的容器如果受到了污染或者损坏，那么这个灵魂将不再能和肉身合一进而复活。

莎士比亚在赫米温妮复活那一场的诸多台词中使用了"亲吻"这个动作，除了宝丽娜之外，还有里昂提斯的"哪一把好凿子会刻得出气息来呢？谁也不要笑我，我要吻她"③，以及潘狄塔的："允许我，不要以为我崇拜偶像，我要跪下来求她祝福我。亲爱的母后，我一生下你便死去，让我吻一吻你的手吧！"④，这些台词颇有暗示这种魔法类似于上位魔法中的"亲吻之死"仪式，这个仪式过程代表着人失去自我，仿佛死亡，但变形之后，与上帝合一从而得到重生的意义。如果《冬天的故事》背后蕴含的事实能与上述的分析有相同之处，那么可以初步推断，赫米温妮从被丈夫剥夺自我到死亡，再从死亡超脱自我就是一场大型的魔法仪式。因此赫米温妮的复活可以被看作是从神性的"假死"到复生的魔法过程，重生的赫米温妮脱离了原本的躯壳，成为具有智性与神性的人，原本的她已经在"感性的世界中死去，在智性的世界中重生"⑤，意

---

① [英]J. G. 弗雷泽. 金枝——巫术与宗教之研究(下)[M]. 汪培基、徐育新、张泽石译. 北京：商务印书馆，2012：1050.

② [英]威廉·莎士比亚. 莎士比亚全集(二)[M]. 朱生豪译. 北京：人民出版社，1994：609.

③ [英]威廉·莎士比亚. 莎士比亚全集(二)[M]. 朱生豪译. 北京：人民出版社，1994：609.

④ [英]威廉·莎士比亚. 莎士比亚全集(二)[M]. 朱生豪译. 北京：人民出版社，1994：608.

⑤ Pico della Mirandola. *Commento Sopra una canzone d'amore*[M]. A cura di Paolo De Angelis. Novecento. 1994. p. 184. (吴功青. 魔化与除魔：皮柯的魔法思想与现代世界的诞生[M]. 北京：生活·读书·新知三联书店，2023：189-190.)

为摒弃了过去的自我，曾经受伤的经历，在新的生命中重生，因此这种死亡不是真正的死亡，证据在于莎士比亚在《冬天的故事》最后借着宝丽娜之口留下了一句令人深思的台词："要是告诉你们她还活着，那一定会被你们斥为无稽之谈；可是好像她确乎活着，虽然还没有开口说话。"①莎士比亚的用词在此出现了模糊，并没有明说赫米温妮是否真的复活，只是用了"好像""确乎"的模糊字眼，对此，能够佐证的是赫米温妮的台词："因此才偷生到现在，希望见到有这一天。"②从这句台词来看，赫米温妮的确是复活，但应该只是一种"假死"，这些台词佐证了上述的判断，赫米温妮的灵魂寄托在石像中，藉由魔法重新恢复肉身。早期的魔法理论将这种假死到复生定义为"与图腾交换生命的仪礼"③，虽然石像并不算图腾，但是它经过工匠的打造，根据赫米温妮的图像做成："他的眼睛将会再看见一个就像赫米温妮的画像那样跟她相像的人。"④宝丽娜拦住其他人不允许碰石像的台词也证明了这是经过绘画图像而制成："啊，耐心些！雕像新近塑好，色彩还不曾干哩。"⑤因此同样也具有寄托灵魂与形成肉身的能力，在复活的过程中，早期的赫米温妮的确死了，但是与这尊石像交换了灵魂的新的赫米温妮复活了，而需要所有人的注目才能实施魔法也类似于早期魔法的"死而复生"戏剧演出仪式。

　　这场魔法的第一个转变的阶段是赫米温妮与石像的"合一"，这个阶段需要克服生死之间造成的分离，与整个世界紧密地联系在一起，"过干者"才有可能恢复到生前的模样。这种起死回生也有着深刻的神性色彩，正如宝丽娜一

---

①　[英]威廉·莎士比亚．莎士比亚全集（二）[M]．朱生豪译．北京：人民出版社，1994：611.

②　[英]威廉·莎士比亚．莎士比亚全集（二）[M]．朱生豪译．北京：人民出版社，1994：611.

③　[英]J. G. 弗雷泽．金枝——巫术与宗教之研究（下）[M]．汪培基、徐育新、张泽石译．北京：商务印书馆，2012：1069.

④　[英]威廉·莎士比亚．莎士比亚全集（二）[M]．朱生豪译．北京：人民出版社，1994：596.

⑤　[英]威廉·莎士比亚．莎士比亚全集（二）[M]．朱生豪译．北京：人民出版社，1994：608.

直强调的"唤醒信仰""她的行动是神圣的"，此时与灵魂一起转化重生的是赫米温妮的身体本身，她经历了从"死亡"的黑暗到复活的光明这个过程，此时她的石像肉身是"将身体转化为一种由更高的光明物质所组成的微妙媒介，在死后也能幸存"①的媒介，从一个依赖于神之恩典的自然造物，通过结合众人的神之信仰与魔法师的魔法呼唤，从而脱离了原本被伤害和侮辱的肉身转向更高的存在，要使仪式成功，魔法师需要营造"膜拜环境"。在神学理论中，膜拜环境指的是"置身于志同道合者当中，享有相同的基本世界观和价值观，举行仪式来表达和增强集体感和对共同目标的认同感，这种感觉非常美好"②。因此，与赫米温妮同血缘的儿女，以及丈夫、侍女、宫人一同参与这场复活魔法时，他们就将礼拜堂变成了一个膜拜环境，这更有利于魔法的实施。而后宝丽娜要求里昂提斯伸出手来拥抱复生的赫米温妮，因为此时刚与自身合一的她需要与现实中同她有关系的人再度"合一"，才能实现真正的复生，而这个关键在于爱的传递："哎，伸出你的手来；当她年轻的时候，你曾经向她求爱；如今她老了，她却成为求爱的人！"③他们本是最为亲密的夫妻，因为误会，他将赫米温妮从生命中剔除了出去，生离死别之后他将自己封存，当最后他触碰到妻子的手时，所有的感觉与爱意都重新苏醒，里昂提斯由衷地感叹赫米温妮是温暖的，此时的他内心饱含着对妻子深切的忏悔，因此他们相互拥抱，他们的爱组成了辉煌的交响共振，在这里"每一个事物都成了统一体的一部分……没有什么东西是陌生、不相干、遥远的"④。

　　第二个转变的阶段是众人的"快乐"。这并不是手段，而是本次魔法最终

---

① ［荷］乌特·哈内赫拉夫 . 西方神秘学指津［M］. 张卜天译 . 北京：商务印书馆，2018：104.

② ［荷］乌特·哈内赫拉夫 . 西方神秘学指津［M］. 张卜天译 . 北京：商务印书馆，2018：148.

③ ［英］威廉·莎士比亚 . 莎士比亚全集（二）［M］. 朱生豪译 . 北京：人民出版社，1994：610.

④ Jean Houston. *The Possible Human*：*A Course for extending your Physical*，*Mental*，*and Creative Abilities*［M］. J. P. Tarcher：Los Angeles. 1982. p. 186.

的目的，目的在于让里昂提斯重新感受到爱的伟大、让赫米温妮重新复活，给予这对夫妇真正的"快乐"，但这样的快乐并不纯粹，它夹杂着痛苦与深沉的情绪，因为赫米温妮确实死去过一次，魔法的复生也并不能掩盖失去的痛苦，所以这是一种生命力迸发受到抑制之后的快乐。前期的里昂提斯、宝丽娜、赫米温妮等人的生活可谓光怪陆离、悲伤残酷。里昂提斯邪恶而危险的善妒之心带来了毁灭性的后果，赫米温妮是他口中忠贞的妻子，却被他误会与他人有染。于是里昂提斯丢弃了自己的亲生女儿，儿子也因为打击过大而病倒，他忠实的大臣吃惊不已，感叹里昂提斯从未说过如此不成体统的话，但里昂提斯还是一意孤行地处死了赫米温妮。后期他感受到了无比的后悔，他每天都去祭拜妻子，并当众承认："她是给我害死的！我的确害死了她，可是你这样说，太使我难过了……"①"唉！要是我早听你的话就好了！那么即使在现在，我也可以正视着我的王后的双眼，从她的唇边领略着仙露的滋味……"②此时深感后悔的里昂提斯则说如果宝丽娜不让他结婚，他也不会结婚，事实上，宝丽娜已经深刻地谅解了里昂提斯的忏悔，她已经决心让赫米温妮复活，因此她说："等您的第一位王后复活的时候，您就可以结婚。"③这里莎士比亚的台词也颇有深意，就算赫米温妮和里昂提斯曾经天人两隔，且里昂提斯确实也抛弃了赫米温妮，但是里昂提斯对于赫米温妮的称呼一直都是"王后"，即从未在婚姻上断绝和赫米温妮的关系，也就是两人一直都是婚姻状态，正如他的台词："她的眼睛是闪烁的明星，一切的眼睛都是消烬的寒煤！不用担心我会再娶；我不会再娶的，宝丽娜。"④而莎士比亚在这里借宝丽娜反复确认了里昂提斯哪

---

① ［英］威廉·莎士比亚. 莎士比亚全集(二)［M］. 朱生豪译. 北京：人民出版社，1994：594.

② ［英］威廉·莎士比亚. 莎士比亚全集(二)［M］. 朱生豪译. 北京：人民出版社，1994：597.

③ ［英］威廉·莎士比亚. 莎士比亚全集(二)［M］. 朱生豪译. 北京：人民出版社，1994：595.

④ ［英］威廉·莎士比亚. 莎士比亚全集(二)［M］. 朱生豪译. 北京：人民出版社，1994：596.

怕冒着绝嗣的风险也不会解除和赫米温妮婚姻的心意，就更加证明里昂提斯完全没有打算在赫米温妮死后离婚，因此按照正常情况，宝丽娜就不应该称呼赫米温妮为"第一位王后"，还说她复活后能和里昂提斯"结婚"，这看起来和剧情相互矛盾，实际上如果将其放在"亲吻之死"的魔法里，就丝毫不奇怪。因为"亲吻之死"的作用条件，就是期待着这个灵魂复活的人能够认识到自身的局限，在心灵上认可曾经死亡的灵魂，假设这个曾经死亡的灵魂也表明"自身配得上这样一位来宾，她将身着婚袍一般的金衣，周身环绕着各样知识，接待她英俊的来宾——不只作为来宾，而且作为新郎"①，在这个卡巴拉魔法理论的记载中，出现了"金衣""新郎"的字眼，这也是对这句台词中"结婚"的呼应，也就是通过魔法的复活，新生的灵魂与迎接新生灵魂之人就宛如结婚一样充满神圣感，总体而言，"亲吻之死"的魔法的重要环节就是死亡与复生，虽然莎士比亚对于这个魔法仪式有所改写，融合了多样的魔法元素，但核心的本质还是强调了一种变形和神化。诚然，这样起死回生的奇迹在现实中是不可能发生，这也是莎士比亚戏剧中唯一一部写到死而复生的剧本，宝丽娜这个魔法师虽然存在感并没有普洛斯彼罗这么强，但莎士比亚在这里给她赋予了施行救赎之魔法的意义，正如皮柯所说："通过参与魔法，一个人可以变得更完美"②，但这种完美的前提是，除非人自身被救赎，否则宇宙无法获得救赎③。如果说普洛斯彼罗是莎士比亚自身思考的完善，那么宝丽娜在这里就是对众人的警告，如果想真正得到灵魂上的救赎与超脱，首先得从自我的觉醒开始，假如不去救赎自己，外在的魔法也不会有作用的契机。

最终也正如宝丽娜在实施魔法之前提前说过的台词一样："假设先后的幽

① 吴功青．魔化与除魔：皮柯的魔法思想与现代世界的诞生［M］．北京：生活·读书·新知三联书店，2023：190.

② 吴功青．魔化与除魔：皮柯的魔法思想与现代世界的诞生［M］．北京：生活·读书·新知三联书店，2023：264.

③ 吴功青．魔化与除魔：皮柯的魔法思想与现代世界的诞生［M］．北京：生活·读书·新知三联书店，2023：264.

灵出现，看着您把她抱在怀里，她会感觉高兴的。"①这出戏剧的结尾是非常美好的，前期对妻子毫不在乎、粗暴对待宝丽娜的里昂提斯在重获挚爱后深切地被伟大的神迹和爱意所感动，他再也不认为自己曾经所做的才是正确的，也再不认为生死都是无关紧要的事情，他用发自肺腑的话语向伟大的魔法感叹他重获妻子的快乐："假如这是魔术，那么让它是一种和吃饭一样合法的技术吧。"②他提出了大家一起共同叙述过去的死生契阔："好宝丽娜，给我们带路；一路上我们大家可以互相畅叙这许多年来的契阔。"③他此时展现的是希望中蕴含着的激情，他因为这个魔法而获得了重生，因为这个魔法让里昂提斯获得了真正的快乐，魔法带来的峰回路转唤醒了他的热忱、爱与乐观。而这神奇的魔法带来更大的意义是强调了魔法的行为源自爱与救赎，此处可以明显看出，莎士比亚对宝丽娜这个形象所寄寓的是魔法的救赎含义，她作为魔法师能够将随时可能堕入深渊的人的灵魂救赎回来，她拉着里昂提斯的手与赫米温妮交叠时也实现了"一个堕落的人与这位最神圣的魔法师合而为一，自身的罪被消除……不仅拯救了自己也拯救了宇宙"④的魔法转变过程，这再一次证明了若不自救，则不能得救的救赎魔法之内涵，这场魔法将这个曾经冰冷的宫廷中每个个体相连，血亲以及所有的宫女、仆人，都在这个奇迹中融合成一体，这成为爱的魔法，就如费奇诺所说的："由他们共同的亲缘关系产生了一种共同的爱，由这种爱产生了共同的吸引。但这是真正的魔法……"⑤魔法在《冬天的故

---

① ［英］威廉·莎士比亚. 莎士比亚全集（二）［M］. 朱生豪译. 北京：人民出版社，1994：596.

② ［英］威廉·莎士比亚. 莎士比亚全集（二）［M］. 朱生豪译. 北京：人民出版社，1994：610.

③ ［英］威廉·莎士比亚. 莎士比亚全集（二）［M］. 朱生豪译. 北京：人民出版社，1994：612.

④ 吴功青. 魔化与除魔：皮柯的魔法思想与现代世界的诞生［M］. 北京：生活·读书·新知三联书店，2023：265.

⑤ Marsilio Ficino. *Commentary on Plato's Symposium on Love*［M］. Ⅵ. Spring Publications. 1985. p. 10. 译文引自［法］皮埃尔·阿多. 伊西斯的面纱：自然的观念史随笔［M］. 张卜天译. 上海：华东师范大学出版社，2015：157-158.

事》里带来的转变不仅是赫米温妮的复生，也是里昂提斯人性的复生，它唤醒了我们对可能性与希望的向往。

二、魔性转变：麦克白夫妇

魔性转变以麦克白和麦克白夫人（Lady Macbeth）为例，这与上一部分有所不同在于，女巫的魔法对麦克白夫妇仅仅起的是刺激的作用，且她们的魔法所起的效果主要是营造了黑暗而阴郁的环境，直接刺激麦克白的野心，间接地转变了他们的现状，实际上真正造成转变因素的是他们自身的行为。麦克白夫妇自身欲望的强烈和精神的矛盾使他们扭曲紊乱、迷失自我从而走向肉体与心灵的毁灭，但这并不代表魔法对他们没有任何的转变作用，他们的转变契机是接触了三位女巫的魔法，遭遇之后他们夫妇的结局都是毁灭性的，麦克白的逢魔指的是他和女巫魔法的接触，这是他悲剧的契机，他被魔法深刻地影响后，麦克白夫人也受到了影响，主动地寻求魔鬼的力量以求让她变得更加冷酷残忍，但他们最终都陷入了疯狂到毁灭的悲惨境地，以下进行论述。

（一）麦克白的逢魔：从英勇转向残暴

麦克白并不是一开始就是一个为王位与权力而不择手段的人，事实上，他是苏格兰最受人们尊敬的英雄。第一幕第二场借着军曹的话侧写了麦克白的英雄形象："因为英勇的麦克白——真称得上一声'英勇'——不以命运的喜怒为意，挥舞着他的血腥的宝剑，像个煞星似的一路砍杀过去，直到了那奴才的面前，也不打个躬，也不通一句话，就挺剑从他的肚脐上刺了进去，把他的胸膛划破，一直划到下巴上；他的头已经割下来挂在我们的城楼上了。"①邓肯（King Duncan）也称他为英勇的壮士，军曹形容他的英勇就像"满装着双倍火力

_____

① ［英］威廉·莎士比亚. 莎士比亚全集（五）［M］. 朱生豪译. 北京：人民出版社，1994：198.

的炮弹，愈发愈猛，向敌人射击"①。开头先塑造出他勇猛无比的"女战神的情郎"形象，但他与女巫及她们的魔法的接触成为他悲剧的开端。

　　三位女巫是莎士比亚在《麦克白》中塑造的最神秘、最有文艺复兴时期魔法渊源的角色，以往的评论家们对三位女巫在麦克白悲剧之路上的作用莫衷一是，一些人认为"女巫在全剧黑暗氛围中发挥了举足轻重的作用……把她们看成是操纵麦克白行动的命运女神"②，另一些人认为：女巫能够起作用是因为"象征了麦克白内心的欲望"③，本书认为麦克白与女巫魔法的接触在他的悲剧道路上起到了重要的作用，这两次"逢魔"成为开启他残酷未来的契机。

　　麦克白第一次与女巫魔法的接触属于被动接触。第一幕第一场她们已经用毒云、妖雾开始营造魔法，而后第一幕第三场她们主动出现在麦克白面前，三句"万福，麦克白！"率先在麦克白的内心埋下阴谋的种子，此时麦克白已经与她们的魔法短兵相接，他的追问展现了他的内心开始迟疑，意志开始动摇："……至于说我是未来的君王，那正像说我是考特爵士一样难于置信。"④但他并不是真的"难于置信"，正相反，他的欲望开始升腾，证据就是他看着女巫们消失的地方说："我倒希望她们再多留一会儿。"⑤但三位女巫的"祝福"背后潜藏着深刻的不安，她们的台词："美即丑恶丑即美"⑥指明了麦克白未来悲剧的源头，他的成功就代表着他的失败，他登上顶峰就代表着即将跌入谷

---

①　[英]威廉·莎士比亚．莎士比亚全集(五)[M]．朱生豪译．北京：人民出版社，1994：197．

②　汤平．魔幻与现实：莎士比亚戏剧中的超自然因素研究[M]．成都：四川大学出版社，2015：257．

③　汤平．魔幻与现实：莎士比亚戏剧中的超自然因素研究[M]．成都：四川大学出版社，2015：257．

④　[英]威廉·莎士比亚．莎士比亚全集(五)[M]．朱生豪译．北京：人民出版社，1994：201．

⑤　[英]威廉·莎士比亚．莎士比亚全集(五)[M]．朱生豪译．北京：人民出版社，1994：201．

⑥　[英]威廉·莎士比亚．莎士比亚全集(五)[M]．朱生豪译．北京：人民出版社，1994：195．

底。因此她们展现自己的魔法只是为了将麦克白拖入深渊，目的就在于蛊惑麦克白，"谁要是为她们的妖言所惑，谁就连灵魂带肉体一齐沦于灭亡"①。

麦克白第二次与女巫的魔法接触是主动接触。在第三幕结尾女巫们已经开始酝酿可怕的魔法，赫卡忒女巫要求三位女巫准备好魔法需要的物件媒介后，直接讲明了她们魔法的目的："让种种虚妄的幻影迷乱他的本性"②，第四幕开头再次以女巫们的魔法开场，同样营造了阴郁且神秘的魔法氛围，而此时麦克白主动前去见女巫们，同样直接与她们的魔法正面接触，再次深度地受到了她们魔法的影响，麦克白看到了无数个幽灵，而这些也是女巫们"呼灵唤鬼"的杰作，且女巫们向他保证："没有一个妇人所生下的人可以伤害麦克白"③，"麦克白永远不会被人打败，除非有一天勃南的树林会冲着他向邓西嫩高山移动"④，而麦克白在鬼魂、魔法的冲击之下几乎丧失了理智，他不断地追问女巫们他想要的答案，并且轻易听信了女巫们的断言："我们巍巍高位的麦克白将要尽其天年，在他寿数告终的时候奄然物化"⑤，于是他为了得到梦寐以求的王座，准备不惜杀死他所有的阻碍者，但他的内心即将饱受煎熬。越来越深入地被女巫们的魔法左右内心，至此麦克白从一位靠着自己的功勋与力量的英雄成为一个相信魔法与神意，执行混乱且残酷统治的盲信者，从正常的伟大战争英雄变成了统治邪恶世界的残暴之王。

(二) 麦克白夫妇的自噬：从疯狂走向毁灭

麦克白夫妇受到魔法的影响之后将他们内心难以压制的权力欲彻底外化，

---

① 杨周翰. 莎士比亚评论汇编(上)[M]. 北京：中国社会科学出版社，1979：336.

② [英]威廉·莎士比亚. 莎士比亚全集(五)[M]. 朱生豪译. 北京：人民出版社，1994：242.

③ [英]威廉·莎士比亚. 莎士比亚全集(五)[M]. 朱生豪译. 北京：人民出版社，1994：247.

④ [英]威廉·莎士比亚. 莎士比亚全集(五)[M]. 朱生豪译. 北京：人民出版社，1994：248.

⑤ [英]威廉·莎士比亚. 莎士比亚全集(五)[M]. 朱生豪译. 北京：人民出版社，1994：248.

麦克白走向了疯狂的杀戮之路，麦克白夫人做出了精神上去女性化的疯狂之举，而做出疯狂行为之后内心强烈的谴责让他们饱受折磨，最终麦克白在战斗中身死，麦克白夫人自杀而亡，他们膨胀的个人欲望与魔法的有意引诱最终让他们被自我吞噬。

　　虽然麦克白的悲剧之路上起到重要作用的是女巫们的蛊惑与魔法，但是我们必须明白，这些女巫的魔法能够对麦克白起作用的原因是他内心潜藏的欲望在外化过程中需要一个触发点。他的独白展现了他的内心世界："想像中的恐怖远过于实际上的恐怖；我的思想中不过偶然浮起了杀人的妄念，就已经使我全身震撼……"①因此麦克白并不无辜，女巫对他说他将要成为国王，可并未真正说出他以什么样的方式登上王位，也没有指示他用什么样的行动来行事，但他下意识地在脑海中出现了杀人的念头，这证明他并不是毫无对王权的渴望，最终，魔法与欲望左右着他走上了疯狂的杀戮之路。

　　但一开始麦克白在杀人前有着非常纠结的心理活动，他并不能轻易下手，这种延宕正如他的妻子麦克白夫人所指出的那样："缺少和那种野心相联属的奸恶，你的欲望很大，但又希望只用正当的手段；一方面不愿玩弄机诈，一方面却又要作非分的攫夺……不是不肯这样干，而是怕干"②。而麦克白夫人虽然并没有与女巫们直接接触，但是通过阅读麦克白送的信上提到的女巫的魔法，她的心也被这些魔法所搅动："命运和玄奇的力量分明已经准备把黄金的宝冠罩在你的头上，让我用舌尖的勇气，把那阻止你得到那顶王冠的一切障碍驱扫一空吧"③，于是麦克白夫人率先走上了自己的疯狂之路——去除女性的特征。她在得知国王邓肯即将到来前，她向魔鬼的祷告成为一段著名的台词：

---

　　①　[英]威廉·莎士比亚．莎士比亚全集（五）[M]．朱生豪译．北京：人民出版社，1994：203.

　　②　[英]威廉·莎士比亚．莎士比亚全集（五）[M]．朱生豪译．北京：人民出版社，1994：207.

　　③　[英]威廉·莎士比亚．莎士比亚全集（五）[M]．朱生豪译．北京：人民出版社，1994：207.

"来，注视着人类恶念的魔鬼们！解除我的女性的柔弱，用最凶恶的残忍自顶至踵贯注在我的全身；凝结我的血液；不要让怜悯钻进我的心头，不要让天性中的恻隐摇动我的狠毒的决意来……"因此麦克白夫人此时也间接地逢魔——企图向魔鬼寻求力量以变得冷酷无情，她的疯狂除了受到魔法的间接刺激以外，也有她本身性格的邪恶与毒辣的原因。

麦克白夫人在他们的夫妇关系中属于性格强势的主导一方，她坚定且果断，麦克白反而是一个在做决定之前迟疑不定的延宕者，后续的剧情证明了许多重大的决定都是由麦克白夫人引导、教唆麦克白做出的，她是一个冷酷型人格，为了她要达到的目的可以牺牲人性与亲情，她曾说："我曾经哺乳过婴孩，知道一个母亲是怎样怜爱那吮吸她乳汁的子女；可是我会在它看着我的脸微笑的时候，从它的柔软的嫩嘴里摘下我的乳头，把它的脑袋砸碎……"①从语态和时态上考证，麦克白夫妇曾经生养过孩子是事实，并非莎士比亚的虚构，并且有证据证明这个孩子是一个男孩②，而一个母亲杀死自己的孩子本就是残忍的行为，但听闻这些话的麦克白却下定了决心，并且对妻子说："愿你所生育的全是男孩子，因为你的无畏的精神，只应该铸造一些刚强的男性。"③在此，麦克白夫人向魔鬼的祈祷是让她从一个慈爱的母亲、妩媚的女性变成

---

① ［英］威廉·莎士比亚. 莎士比亚全集（五）［M］. 朱生豪译. 北京：人民出版社，1994：212.

② 《麦克白》的英文版本中，这段台词使用了现在完成时、一般现在时以及陈述语气，更重要的是莎士比亚第 56 行用了"it"先进行"有这个孩子"的指代，第 57 行用了"his"指代这个孩子，并且前面加上了定冠词"the"，而早期现代英国英语中的 his 与 it 可以通用，莎士比亚此举就是证明麦克白夫妇生养过一个孩子，并且是个男孩。后据考证，麦克白有一继承人 Lugtake，此人或是麦克白的亲生儿子，或是麦克白的其他亲属，后为麦克德夫所杀。另据记载麦克白夫人 Gruoch ingen Boite 曾嫁给 Gille Coemgain 为妻，生育一子 Lulach macGille Coemgain。1032 年丈夫被杀后，Gruoch 改嫁麦克白，史称麦克白夫人，再婚后是否生育子嗣不详。麦克白死后，LuLach 继位为苏格兰王，在位一年被杀。［徐嘉. 麦克白夫人的孩子与被篡改的历史［J］. 国外文学，2015（03）.］

③ ［英］威廉·莎士比亚. 莎士比亚全集（五）［M］. 朱生豪译. 北京：人民出版社，1994：212.

残忍、冷酷、有胆识的男子。阿德尔曼则解释为麦克白夫人的乳汁已变成了胆汁①，她以胆汁为乳汁喂养魔鬼，使之更能为非作歹。在此处更是体现了麦克白夫人舍弃自己的女性身份意图用魔鬼的力量使自己成为疯狂的魔鬼。

　　妻子的疯狂更让麦克白有了谋杀的底气，麦克白首先杀死了邓肯，接着杀死了班柯，但谋杀之后的他并未感到除掉障碍的快感，反而开始陷入了精神逐步毁灭的状态，受到幻听和幻觉的困扰："那打门的声音是从什么地方来的？究竟是怎么一回事，一点点的声音都会吓得我心惊肉跳？……大洋里所有的水，能够洗净我手上的血迹吗？"②杀戮过多之后麦克白甚至被班柯的鬼魂吓破了胆，语无伦次，极度恐惧，他自己知道罪孽过重，因此无论是鬼魂还是他精神上的幻觉与幻听都是对他良心与道德的谴责，虽然麦克白夫人在宴席上表现正常，但此时她也开始陷入精神上的毁灭，这表现为她夜不能寐、寝食难安，无论怎么擦手都还会出现手上还有血迹的幻觉，麦克白夫人的侍女对着医生描述麦克白夫人："好像在洗手似的。我曾经看见她这样擦了足有一刻钟的时间"③，医生直言这样的行为往往出自良心的歉疚，因此思虑过重的麦克白夫人在第五幕第五场自杀而死。

　　麦克白死亡之前依然盲信着女巫们的保证，他确信自己刀枪不入，认为他的生命"是有魔法保护的，没有一个妇人所生的人可以把它伤害。"④而麦克德夫这么说："不要再信任你的魔法了吧；让你所信奉的神告诉你，麦克德夫是

---

①　肯尼斯·缪尔指出，英文版《麦克白》中，本段台词的 take milk for gall 可解释为"将乳汁感染为胆汁"（徐嘉．麦克白夫人的孩子与被篡改的历史［J］．国外文学，2015（03）.）

②　［英］威廉·莎士比亚．莎士比亚全集（五）［M］．朱生豪译．北京：人民出版社，1994：218.

③　［英］威廉·莎士比亚．莎士比亚全集（五）［M］．朱生豪译．北京：人民出版社，1994：265.

④　［英］威廉·莎士比亚．莎士比亚全集（五）［M］．朱生豪译．北京：人民出版社，1994：212.

没有足月就从他母亲的腹中剖出来的"①，于是麦克白彻底醒悟，却仍然落得身死的结局。在他与女巫的魔法接触过后，他始终坚信魔法力量的护佑，但这只是一种虚假的安全感，女巫的魔法蛊惑了他，使他认为女巫所说的是真实的世界，他用女巫的话来理解这个世界，而麦克白夫人也因为魔法的间接刺激，受到自己内心邪念的驱使，协助麦克白进行杀戮，最终他们相信的魔法彻底将他们毁灭。

第二节　魔法隐喻：观念的冲突与复合

综上所述，我们已经完整地呈现了莎剧中魔法带来的转变效果，从这些转变中我们依稀可以看见多种矛盾观念的交织：普洛斯彼罗神性魔法的想象之宏大与未能改变邪恶的伦理现实，麦克白身死战场之前仍然不忘魔法的神力却被自然所击败，宝丽娜作为会魔法的女巫以神学色彩的"异教徒"称呼里昂提斯等。由此可以看出，在莎剧的场域中，魔法已经不再是单纯的概念，它被莎士比亚巧妙地融入台词和剧情中，体现了诸多矛盾性，它也成为体现莎士比亚本人和时代思想隐喻的因素，故莎士比亚本人在戏剧中创作的魔法隐喻着他幻想与伦理观念的冲突、神学与科学观念的复合，但这并不表示双方观念都具有均等的地位，莎士比亚是有所偏重的，在幻想和伦理中，他稍微偏向于伦理；在神学与科学中，他主要展现神学。以下进行论述。

一、精神想象与道德伦理的冲突

第一对观念的冲突暗喻莎士比亚及其同时代的人对魔法的主观态度，他们赞同魔法的精神想象，感叹于它可以与神明沟通的强大，但也对魔法的危险性与伦理性抱有顾虑。

莎剧中的魔法是灵魂统治身体的反应，是精神想象的产物，它在一定程度

---

① ［英］威廉·莎士比亚．莎士比亚全集（五）［M］．朱生豪译．北京：人民出版社，1994：212.

上隐喻着莎士比亚所在的文艺复兴时期关于魔法的普遍观念，这样的观念具体分为两个内涵。首先，想象是一种认识工具，也是一种灵魂的能力，而魔法的精神想象被认为是精神的沉思与心灵本身的结合，作用于主体之外①，伊曼努尔·康德对此类幻想现象也有过相关的表述，在《通灵者之梦》中他谈到这种与神灵之幻想相关的作用机制是使得想象与灵魂深度地连接，并"处于一种与其本性相符合的联系之中，这种联系不是建立在物体系受限制所凭借的那些条件之上，而且在这里，位置和时代的距离消失了……"②因此这种想象并不是作用在实体，而是精神的连接与匹配，这种幻想可以消弭一切的时空阻隔，例如《暴风雨》中普洛斯彼罗最为动人的一段台词对这种精神想象有着深刻的体现："我们的狂欢已经终止了……他们都已化成淡烟而消散了。如同这虚无缥缈的幻景一样，入云的楼阁、晚伟的宫殿、庄严的庙堂，甚至地球自身，以及地球上所有的一切，都将同样消散，就像这一场幻景，连一点烟云的影子都不曾留下。构成我们的料子也就是那梦幻的料子；我们的短暂的一生，前后都环绕在酣睡之中。"③上文已经论述过普洛斯彼罗对自身所用魔法的彻底认知让他的魔法最终转向了神性的一面，因此他成为了一位真正的神性魔法师，那么普洛斯彼罗的魔法行动是他神学家意识的正面体现，他的意识使得魔法个性化，其魔法行动的本质和他人类的意识没什么不同，这种人类的意识并不属于实体，而是属于精神的范畴，魔法的媒介是实体物件、空间以及语言，想象却从精神的层面构成了人类的魔法力量，作为精神领域中的能力，想象将有形之物体与无形的主体、灵魂或者思想联系在一起，将感官的感触从物质传递到非物质的心灵，因此这种想象力比任何实体能力都要敏感，由此莎士比亚在此将魔

　　①　[美]查尔斯·B.施密特、[英]昆廷·斯金纳.剑桥文艺复兴哲学史[M].徐卫翔译.上海：华东师范大学出版社，2020：313.
　　②　[德]伊曼努尔·康德.康德著作全集(第2卷)[M].李秋零译.北京：中国人民大学出版社，2004：336.
　　③　[英]威廉·莎士比亚.莎士比亚全集(五)[M].朱生豪译.北京：人民出版社，1994：212.

法向内转向操作者的灵魂，向上转向"一"①，深刻地从魔法本身到人物灵魂改造了普洛斯彼罗的精神境界，文艺复兴相关的魔法实施理论也深刻地记录了这种神性的想象，这样的想象将精神与太阳（神明）相联系，使得人的潜力得到最大化的发挥："他还加上自认为最重要的东西：带有强烈情感的想象力倾向，精神就像怀孕的妇女一样，通过想象力被打上这种印记，经由眼睛等身体通道飞出去，像凝乳一样发酵和凝结与天界类似的力量。"②由此我们可以看出，魔法最为重要的是想象，而这样的想象能够让我们与神沟通，使得精神飞升至澄明的境界。

其次，康德同时也谈道："尽管那些其概念更为粗糙的实体牢固地受制于想象的规律，但也很容易看出来，这只属于想象描绘事物形象的试验，而不属于存在的条件。"③故而想象的幻梦也能带来一种集体的幻觉，哪怕这种想象作用于实体，也不是绝对的实体之真实，这样的幻觉在集体认同的真实之下被客观地表象着，即只要是人能够想象的东西，都体现为想象性的真实，可以接触、传染和起效，但这仅来源于共同的情感认同与需要，并非绝对的真实。最典型的体现是《麦克白》中马尔康所说的爱德华忏悔者的治疗魔法："他们都把它叫做瘰疬；自从我来到英国以后，我常常看见这位善良的国王显示他的奇妙无比的本领。除了他自己以外，谁也不知道他是怎样祈求着上天；可是害着怪病的人，浑身肿烂，惨不忍睹，一切外科手术无法医治的，他只要嘴里念着祈祷，用一枚金章亲手挂在他们的颈上，他们便会霍然痊愈；据说他这种治病的天能，是世世相传永袭罔替的。除了这种特殊的本领以外，他还是一个天生的

---

① ［美］查尔斯·B. 施密特、［英］昆廷·斯金纳. 剑桥文艺复兴哲学史［M］. 徐卫翔译. 上海：华东师范大学出版社，2020：323.

② ［荷］乌特·哈内赫拉夫. 西方神秘学指津［M］. 张卜天译. 北京：商务印书馆，2018：136.

③ ［德］伊曼努尔·康德. 康德著作全集（第2卷）［M］. 李秋零译. 北京：中国人民大学出版社，2004：424.

预言者，福祥环拱着他的王座，表示他具有各种美德"①，第二章已经详细分析过国王使用的金章护身符，那么此处的治疗魔法体现的是一种王权带来的魔法神力，实施这个魔法的关键是国王的触摸②。

国王的御触治疗魔法是中世纪沿袭至文艺复兴时期伊丽莎白一世的证明其君主身份合法性的一个佐证，因为此权力具有继承性，是从"皇室成员"继承下来的，表现出一种至上的权力观念，而为了守卫这样的王权权威，所有能实施此触摸仪式的女巫、术士都被无情驱逐，由此让魔法治愈力量都集中并保留在君主权力之中，以建立王权的神圣地位③。长此以往对王权的特定能力必定能拯救患者的信念在人们的心中成为固定的信仰，因为他们相信"法国和英国诸王之所以能够变成神奇的医师，是因为他们很久即已被人们视为神圣之人"④，这种相信"反映出人类深层次的渴望或者焦虑……看起来是整合了我们共有的幻想生活中的某些元素来表述我们某些最深层的恐惧"⑤，因为自身的无力与对王权神力的信任让人们产生了拥有所有美德的国王无所不能的"集体表象"，正是源自集体的情感产生的幻觉造就了一个至高无上的、外在于世界的存在者，超越了真实的界限将这种神力转接到他们自己的身上，这也造成了国王神力治愈疾病的集体幻觉，正是人们相信魔法会带来奇迹的信念，促成了人们对治疗魔法的信仰，也让人们对能够实施魔法的国王心服口服。因此康德

①　[英]威廉·莎士比亚. 莎士比亚全集(五)[M]. 朱生豪译. 北京：人民出版社，1994：259.

②　在旧时法国人们常称瘰疬病为"国王病"，在英国称作"国王之魔"(King's Evil)，法国和英国的国王们声称，按照传统仪式，他们简单地以手触摸就能治愈瘰疬病。([法]马克·布洛赫. 国王神迹：英法王权所谓超自然性研究[M]. 张绪山译. 北京：商务印书馆，2018：14.)

③　胡鹏. 仪式、巫术与政治——《麦克白》中的御触[J]. 国外文学，2020(03).

④　[法]马克·布洛赫. 国王神迹：英法王权所谓超自然性研究[M]. 张绪山译. 北京：商务印书馆，2018：40.

⑤　[英]罗宾·布里吉斯. 与巫为邻：欧洲巫术的社会和文化语境[M]. 雷鹏等译. 北京：北京大学出版社，2005：3.

将这种行为称为"借助精神想象在某些场合达到理性概念"①，也就是凭借着人们内心深处的想象力量在特定场合对某些超自然现象进行认同，因此这是一种受想象制约的感性蒙骗理性的过程，布鲁诺也对这个过程进行了批评，他认为实体性的质料才是最稳定，最持久的，而想象性的魔法所运用的幻觉形式是终究会消散的，所以这个集体情感的幻觉过程缺乏实体性，他并不是反对魔法的想象，正相反，他主张真正的魔法的幻想是"外在的和实践的"②。

《金枝》中也有关于这样的信仰的记载："人们在解释自己所生存的世界的时候，总是将它描绘为有知觉的意志和个人力量的表现形式。因此，如果他觉得自己如此渺小脆弱，那么他就一定会认为控制自然这部庞大机器的神，该是多么巨大而有力量！"③因此，能够控制可怕疾病的国王就是一位魔法师，他无所不能，"用魔法实践发挥祈祷和献祭的神父作用"④，人们向这些"全知全能"的君主祈求奇迹，但是"病情是否好转"这样的理性概念只能通过时间来判断，但这样的判断从事实上来看都是否定的。从理性的原则而言，任何的事情要想达到预期的结果都会"有自己的一个原则"⑤，也就是如果遵循了这种原则，按照因果律是必定会得到这种结果，因此，如果真的有魔法之奇迹发生并遵循因果律，那么必定能够在一个有效的时间内发现治疗的效果，且"不存在无边际的追溯"⑥。

---

① ［德］伊曼努尔·康德. 康德著作全集（第2卷）［M］. 李秋零译. 北京：中国人民大学出版社，2004：426.

② ［美］查尔斯·B. 施密特、［英］昆廷·斯金纳. 剑桥文艺复兴哲学史［M］. 徐卫翔译. 上海：华东师范大学出版社，2020：323.

③ ［英］J. G. 弗雷泽. 金枝——巫术与宗教之研究（上）［M］. 汪培基，徐育新，张泽石译. 北京：商务印书馆，2012：160.

④ 汤平. 魔幻与现实：莎士比亚戏剧中的超自然因素研究［M］. 成都：四川大学出版社，2015：252.

⑤ ［德］伊曼努尔·康德. 康德著作全集（第2卷）［M］. 李秋零译. 北京：中国人民大学出版社，2004：426.

⑥ ［德］伊曼努尔·康德. 康德著作全集（第2卷）［M］. 李秋零译. 北京：中国人民大学出版社，2004：426.

但实际上，这些奇迹并不是每次都会立刻发生，且在时间上具有漫长的追溯期。据记录，被国王治疗过的患者中只有一些人恢复了健康，有时是不完全恢复，有时只是暂时性恢复，大多数疾病只是在治病魔法实施后相当久时间才痊愈①，故在这样的魔法治疗中，一个人获得国王治疗需要时间才能验证疾病是否痊愈，充满了极大的偶然性。因此前一种理想情况是建立在国王治疗能够在短暂时间内出现效果的前提下，这是一种可测性结果，必然符合时间排列顺序和因果规律，但是"疾病治疗转好"这件事情是在一个可以被无限追溯的时期中认定的，在任何一个时间点只要好转都能被视为有效，这并不符合时间性的可测，只能算结果上的经验性依赖，因此康德认为这样的神迹行为是错误地将可测性和依赖性情况看做是同一的②。民众被神圣的思想与魔法的神秘引向支持这种观念，他们在现实地想象一种奇迹，也就是王权加持之下的魔法能够帮他们解决所有的疑难杂症，于是，神圣的国王都有魔法带来的神奇力量加身。

综上，我们能看出虽然莎士比亚在戏剧中承认这种魔法的想象性，但也表现出了"不安的瞬间的直觉"③，因为在《麦克白》中，他将女巫们的形象矛盾化处理，他借班柯的口表现了女巫们充满怪异和矛盾的形象："这些是什么人，形容这样枯瘦，服装这样怪诞，不像是地上的居民，可是却在地上出现？你们是活人吗？你们能不能回答我们的问题？……每一个人都同时把她满是皱纹的手指按在她的干枯的嘴唇上。你们应当是女人，可是你们的胡须却使我不敢相信你们是女人。"④我们能看出这些女巫虽然性别是女性，但是却长着男性才有的胡须，缺乏相应的女性特征，且全剧几乎没有展现她们具体的相貌，更值

---

① [法]马克·布洛赫. 国王神迹：英法王权所谓超自然性研究[M]. 张绪山译. 北京：商务印书馆，2018：382.

② [德]伊曼努尔·康德. 康德著作全集(第2卷)[M]. 李秋零译. 北京：中国人民大学出版社，2004：426-427.

③ Franco Ferrucci. *"Macbeth and the Imitation of Evil"*. *Shakespearean Criticism*[J]. Vol 69. Lynn M. Zott ed. Detroit. Gale. 2003. p. 335.

④ [英]威廉·莎士比亚. 莎士比亚全集(五)[M]. 朱生豪译. 北京：人民出版社，1994：259.

得一提的是莎士比亚早在《温莎的风流娘儿们》中塑造过一个同样长着胡须的女巫形象，他借着剧中人物的口直说这个妇人是"妖妇"，并且他不喜欢有胡须的女人，因此莎士比亚对待这样的魔法以及实施魔法的人态度绝不是正面态度。

而这样想象性的魔法也被弗朗西斯·培根以不符合伦理道德为由给予了批评，虽然目前学术界有着关于莎士比亚戏剧真正的创作者是弗朗西斯·培根的说法，我们也并不能找到莎士比亚本人的书信或者访谈记录以佐证他对魔法的观点，但弗朗西斯·培根是莎士比亚同时代的另一位文化巨人，他的批评也能近似地反映文艺复兴时期包括莎士比亚在内绝大多数人对魔法的看法。虽然培根相信这些想象的魔法是有力量的，也是具有幻想性的："那些技艺……更多是来自奇想和信仰，而非理性与证明"①，魔法的仪式能够加强这种力量，并将其真诚和有意地用于这一目的②，但他仍然从伦理的意义上认为这属于非法的，因为这些魔法使人能够在不付出劳动的情况下实现改变现状的物质目的。培根对魔法最强烈的反对是道德上的，他将魔法视为引诱人们放弃真正有用的学习③的不祥之物，而魔法带来的沉思则是原罪，他认为幻想和信仰带来的魔法效力固然值得惊叹，但他更强调这些魔法需要受到道德伦理的约束。

培根的批评是有道理的，如果魔法变得极具功利性而丧失了伦理道德，那么莎剧中纯粹的自然魔法也会变成邪术，最好的例子就是《麦克白》中麦克白夫妇的堕落与毁灭，他们盲信魔法的神力却忽视了要达到目的必须由自身从正道付出努力，莎士比亚在《麦克白》中塑造的魔法就是女巫的邪恶魔法，因此女巫们用魔法对麦克白进行打击和伤害就证明了莎士比亚对魔法摧残一个英雄导致其走向末路的态度是悲悯且恐惧的。失去了伦理约束的魔法会"将他们从

---

① ［美］查尔斯·B. 施密特、［英］昆廷·斯金纳. 剑桥文艺复兴哲学史［M］. 徐卫翔译. 上海：华东师范大学出版社，2020：328.

② ［美］查尔斯·B. 施密特、［英］昆廷·斯金纳. 剑桥文艺复兴哲学史［M］. 徐卫翔译. 上海：华东师范大学出版社，2020：327.

③ ［美］查尔斯·B. 施密特、［英］昆廷·斯金纳. 剑桥文艺复兴哲学史［M］. 徐卫翔译. 上海：华东师范大学出版社，2020：327.

社会中剥夺出去，或者让他们被恶魔附身"①，结果就是被魔鬼附身，即所谓的"附魔"，它能对受术者造成一种自我和他者之间界限模糊的结果，于是麦克白和麦克白夫人开始不分善恶、性格与性别造成错位，本是一个果敢英雄的麦克白开始胡言乱语，延宕残暴，本是一个女子的麦克白夫人决心抹杀自己身上的女性特质，最终走向迷失和自尽，而这悲惨的魔法影响后果也许也是莎士比亚所顾虑的，且莎士比亚在《错误的喜剧》中展现了一场没有效果的驱魔，即第四幕第四场阿德里安娜请了一个驱魔的魔法师品契前来为被以弗所这座魔法之城所迷惑而被认为是魔鬼上身的小安提福勒斯驱魔，品契试图将"魔鬼"驱散："撒旦，我用天上列圣的名义，命令你遵从我神圣的祈祷，快快离开这个人的身体，回到你那黑暗的洞府里！"②但很不幸这场驱魔以失败告终，小安提福勒斯拼命地说他没有疯，那么这场魔法的失败就代表着前面小安提福斯被他人认为的"附魔"也是无效的，也同时证明了这种幻想的魔法的无效，这更加体现了莎士比亚对待魔法的深刻矛盾性。

因此第一重观念的冲突体现了莎士比亚观念中对魔法既有惊叹和向往的无意识的依赖，又有着顾虑和不赞成的有意识的恐惧，他的恐惧来源于他偏向伦理立场的坚持，在《暴风雨》中他曾借普洛斯彼罗的口中说过，魔法是具有"唤醒他们的知觉，让他们仍旧恢复本来的面目"③的功能，好的魔法是公正的魔法，惩恶扬善，拯救众生，因此他不赞成过度幻想丧失伦理约束的魔法，故他在《暴风雨》的最后宣布放弃这样危险的魔法，为这场幻想的狂欢画上了休止符。

二、神学传统与科学新知的复合

第二对观念的复合暗喻魔法在莎士比亚心中的文艺复兴时代文化内涵，按

---

① Frances E. Dolan. *Dangerous Familiars*： *Representations of Domestic Crime in England* 1550-1700[M]． Ithaca and London：Cornell University Press. 1994. p. 184.

② ［英］威廉·莎士比亚．莎士比亚全集(一)[M]．朱生豪译．北京：人民出版社，1994：431.

③ ［英］威廉·莎士比亚．莎士比亚全集(一)[M]．朱生豪译．北京：人民出版社，1994：74.

照本书第一章的定义，魔法是一种介于科学与神学之间的神秘活动，而既然能够作为桥梁沟通科学与神学，必然会同时具有两方的特点，这种双重的复合也正是魔法最具魅力的因素，莎士比亚在书写魔法相关的剧情时有意安排了如上一部分所述的矛盾性，而这种矛盾性更深刻的隐喻是神学与科学的纠缠与争鸣，文艺复兴时期也是英国宗教繁荣的时期，生活在此时代的莎士比亚必定有着信仰神学的属灵之面，此时期也酝酿着科学的崛起与繁荣，神学的辉煌已经逐步式微，始终对时代的思潮保持敏锐直觉的莎士比亚必定对此早有感知，因此，魔法在莎剧中既代表着回归神学的荣光，也预示着科学新知的冉冉出现。

上一部分我们论述到弗朗西斯·培根对魔法的批评，但在这里必须指出的是，弗朗西斯·培根虽然并不赞同想象性的魔法，但是他并没有完全地拒绝魔法，他表示宁愿它们被净化，也不愿完全拒绝，他甚至提出改革自然魔法，敦促使魔法恢复其古老而光荣、可敬的含义①，也就是恢复魔法神学的传统，因此从弗朗西斯·培根身上可以看出，他对魔法的总体态度是不排斥的，因为他认为魔法代表了过去神秘传统与神学的渊源，但是他只能接受带着道德与伦理色彩的实用性魔法，而我们没办法确证莎士比亚是否也抱着和培根一样的观念，但我们能从莎剧中的种种观念冲突中发现神学的传统在莎剧中同样有所体现。

神学的传统有两种体现：第一，由上述论证可知，在文艺复兴时期，无论是自然魔法还是卡巴拉魔法，"最终都指向并服务于神学"②，而魔法同样也是神学的动力来源，如前所述，无论是普洛斯彼罗还是宝丽娜，展现的都是魔法的神性色彩，普洛斯彼罗前期所实施的自然魔法最后转向到了充满神性的上位魔法，从读懂上帝所书写的自然之书，通过魔法的实践揭露自然所隐藏的秩序与规律，最后通过灵魂的觉醒，悟出了道德与智性的重要性，这是个体的神性

---

① ［美］查尔斯·B. 施密特、［英］昆廷·斯金纳. 剑桥文艺复兴哲学史［M］. 徐卫翔译. 上海：华东师范大学出版社，2020：328.

② 吴功青. 魔化与除魔：皮柯的魔法思想与现代世界的诞生［M］. 北京：生活·读书·新知三联书店，2023：282.

觉醒，而宝丽娜则是作为一个旁人，从魔法师的视角让灵魂有缺陷甚至堕落的人觉醒，通过"亲吻之死"的魔法仪式唤醒灵魂，从而实施爱的魔法，让人们紧密团结，连成一体，最终得到救赎，"一旦人经过自然哲学的洗礼，进入最高的神学，就会忘却自身，乃至与上帝合而为一，达到最高的幸福"①。因此莎剧中神学的第一个传统就是从自然哲学到神学的升华，是从低位魔法到高位魔法的提升，是从个体走向全体的救赎之旅，这充分地体现了古代神学中所说的净化，照亮与完善三个阶段，无论是个体或者是群体，都先从灵魂上净化自我，随后他们能感受到魔法之神力，紧接着是通过掌握上帝写作的自然，用自然哲学照亮知识的荒野，最后通过灵魂的不断进化，达到最高的神学层次，正如神学理论所述："……通过道德知识抑制情感的冲动，用辩证法驱散理性的阴霾，就像洗去无知和邪恶的污浊，我们的灵魂就能得以净化……接下来，我们要用自然哲学之光充满我们洁净且准备充分的灵魂，以便随后我们可以用神圣之事的知识使它完善"②。

第二，莎剧中诸多魔法都和神学中的神学冲突息息相关，因此我们有必要先分析西方早期的神学宗教冲突渊源。总体而言，魔法在宗教传统中属于异教的活动，而异教与基督教、天主教之间有着复杂的关系，这些思想之间既有综合吸收的时期，也有互相排斥、攻击的时期。综观早期希腊罗马时代到文艺复兴时期的宗教传统，一言以蔽之，就是将异教的思想与基督教思想进行综合，事实上并不能完全综合成功。当时的基督教学者的确有意地学习新获得的异教和犹太教学问，"并将其内容纳入一种本质上仍然是罗马天主教的神学哲学框架"③，

---

① 吴功青.魔化与除魔：皮柯的魔法思想与现代世界的诞生[M].北京：生活·读书·新知三联书店，2023：278.

② 吴功青.魔化与除魔：皮柯的魔法思想与现代世界的诞生[M].北京：生活·读书·新知三联书店，2023：62.

③ [荷]乌特·哈内赫拉夫.西方神秘学指津[M].张卜天译.北京：商务印书馆，2018：31.

在早期的护教传统①中，神学家们大多在努力理解基督教的同时，也深入地接受异教的学说，比如柏拉图主义哲学，可基督教与异教的偶像崇拜之间根本不可能达成一致，实际上真正的结果是"真正的基督教传统将会享有最高统治权，不仅异教圣贤要在福音真理面前象征性地低头，而且犹太人也必须实实在在地皈依，因为他们逐渐明白，耶稣一直是其自身古老传统的真正秘密"②，这就造成了基督教与异教的冲突，教父们秉承着怀疑的态度，宁愿强调而不是尽量淡化异教徒与基督徒之间的差异③。而异教的最高智慧按照神学传统而言，代表着魔法的始祖——三重伟大的赫尔墨斯，因此魔法在宗教上归属于异教活动，故这种冲突就造成了魔法被自视为正统的基督教视为"恶魔的谬见和灵性的黑暗"④，虽然这些异教活动遭到了后来的新教的激烈抵抗⑤，但最终随着宗教改革的发生与罗马天主教走向分裂，抵抗得最激烈的新教分裂成了各个精神团体，其中一部分人对异教的魔法、哲学等变得容易接受，反对所谓"正统的"卫道士。此外，

---

① 在尝试说服异教学者们的过程中，基督教学者们发现柏拉图不仅讲授了哲学，还教导了一种古老的宗教智慧，这种智慧并非根植于他本人的希腊文化，而是东方传统。即埃及人称三重伟大的赫尔墨斯是这种"古代神学"的最初源泉，希腊人称俄耳甫斯（Orpheus）或毕达哥拉斯，而与此同时，异教学说根本上依赖于根本上说都依赖于摩西在西奈山编成法典的希伯来人的古老智慧，因此基督教学者们得出结论，真正的智慧不仅在于犹太教、圣经，还在于异教哲学著作之中。文艺复兴时期的魔法家皮柯声称自己发现了新的证据，所有基本的基督教教义都已经包含在卡巴拉经文中，甚至包括耶稣的名字，而卡巴拉是异教教导中最具有价值的东西。（[荷]乌特·哈内赫拉夫. 西方神秘学指津[M]. 张卜天译. 北京：商务印书馆，2018：60-61、64.）

② [荷]乌特·哈内赫拉夫. 西方神秘学指津[M]. 张卜天译. 北京：商务印书馆，2018：34.

③ [荷]乌特·哈内赫拉夫. 西方神秘学指津[M]. 张卜天译. 北京：商务印书馆，2018：65.

④ [荷]乌特·哈内赫拉夫. 西方神秘学指津[M]. 张卜天译. 北京：商务印书馆，2018：67.

⑤ 新教的辩论家认为"基督教的希腊化"，亦即异教哲学的影响（特别是以柏拉图主义的形式）是恶的真正起源。从殉教士尤斯丁开始的护教教父们已经犯了一个致命的错误，他们同异教开展对话而不是断然拒绝它，而以柏拉图哲学为代表的异教学说和魔法、占星相关的异教活动被他们视为危险的。（[荷]乌特·哈内赫拉夫. 西方神秘学指津[M]. 张卜天译. 北京：商务印书馆，2018：69.）

更值得一提的是天主教的暧昧态度，首先，天主教也并非全部赞同异教的神秘活动，他们保留着自己的立场，事实上，宗教改革前夕的天主教对异教的态度分为两种：第一种是包容性地认为异教智慧的确"分有了基督的真理"①，第二种是激进的，认为异教会导致恶魔的影响，到了新教期间，天主教"严肃地捍卫"异教的教导，因此被新教视为"丧失了与真正基督教信仰的联系"②。

　　莎士比亚戏剧中涉及魔法的剧情都或明或暗地展现了以上的宗教传统，首先是隐晦的展示，《错误的喜剧》中用上文提到的品契的驱魔仪式隐晦地展现了这样的传统，品契的驱魔被西方相关学者认为"代表的是激进的清教徒和天主教徒"③，因为品契所用的驱魔方式本来是和天主教所说的"列位圣徒"高度相似，最后小安提福勒斯挣扎不断，驱魔失败后品契被迫采取了和新教对待恶魔附体方式一致的"关进黑屋"，莎剧这里展现的宗教偏向立场明显是天主教，也就是对魔法活动态度暧昧的一方，因为这里莎士比亚使用了魔法就意味着他并不如新教徒一般拼命反对异教活动，虽然驱魔失败后品契无可奈何地使用了新教的方式，因此这里展现了天主教与新教在面对魔法时的冲突，在莎士比亚的创作中，他还是潜意识地采取了天主教的包容性较强的观念，对待新教似乎有无可奈何的妥协因素。而莎士比亚还以更加隐晦的态度展现了天主教内部冲突的传统，在第五幕中出现了一位住持尼，她被学者视为"天主教徒"，是一个正经的宗教角色④，她上场就呵斥品契驱魔的错误，并未认为小安提福勒斯是被魔鬼上身，因此这里的住持尼与品契分别代表了天主教内的两种态度，一种是包容性的，另一种是激进的。

---

① ［荷］乌特·哈内赫拉夫 . 西方神秘学指津［M］. 张卜天译 . 北京：商务印书馆，2018：68.

② ［荷］乌特·哈内赫拉夫 . 西方神秘学指津［M］. 张卜天译 . 北京：商务印书馆，2018：69-70.

③ 胡鹏 . 城市、驱魔与自我身份——《错尽错觉》中的巫术与宗教［J］. 国外文学，2011(04).

④ 胡鹏 . 城市、驱魔与自我身份——《错尽错觉》中的巫术与宗教［J］. 国外文学，2011(04).

如果说前面展现的是天主教与新教、天主教内部的冲突，那么还有异教与基督教的冲突，首先是《冬天的故事》中宝丽娜对里昂提斯说的"生火的异教徒"隐晦地展现了莎士比亚的立场，异教徒这个词是基督教徒称呼除了基督教之外一切外教士的称呼，那么宝丽娜代表的应当是正统的基督教立场，且她后期不断强调自己的法术不是歪门邪道，也更加证明了莎士比亚所持有的正统基督教信仰立场。

其次是较为明显的表现这种立场的《麦克白》，它详细体现了异教与基督教的激烈碰撞，首先以赫卡忒女巫为首的女巫们使用魔法，她们很明显是异教的代表，但莎士比亚在这里对异教魔法的立场开始有了变化，如果说《错误的喜剧》中莎士比亚并未描绘异教的黑暗是因为他处在欢乐、自信的早期，那么写作《麦克白》时他将所见所闻的黑暗都加在了这些异教魔法的身上，女巫们黑暗、诡异的魔法代表着对仁爱、和谐的社会秩序与心灵秩序的强力破坏，她们肆意地用黑魔法刺激麦克白，导致他野心外化，让人类社会陷入腥风血雨中，而麦克白夫妇受到魔法的蛊惑，成为忠实的异教徒，剧中的邓肯、爱德华忏悔者等人则是莎士比亚精心挑选的复合基督教教义的光明代表，他们让社会保持和谐稳定，海晏河清，两者形成了鲜明的对比，由此可见莎士比亚的立场十分鲜明，他判定了基督教的胜利，暗示着异教的魔法已经开始展现失落的一面，但基督教的胜利并不稳定，因为女巫们去向不明，仍然是一股强大的力量。因此莎士比亚经常陷入新旧观念的强烈碰撞之中，"他喜欢把戏剧活动放入一个交叉点，一个两种对立的生活方式交界处"①，例如处在异教信仰与基督教信仰之间的苏格兰，总体而言苏格兰信仰的是基督教，但并未受到基督教整体的熏陶，因此也存在着如麦克白一样残忍好战的异教徒，他的异教信仰在经过与女巫接触之后愈发深厚，但他也在潜意识之中受到基督教的影响，他在杀邓肯之前心理激烈冲突之中提到了"来世"，他不愿去顾及来世的一切，而

---

① 汤平. 魔幻与现实：莎士比亚戏剧中的超自然因素研究[M]. 成都：四川大学出版社，2015：266.

来世正是基督教宣扬的教义，因此他的延宕除了自身性格缺陷之外，还因为信仰的冲突造成了迷茫，然而，我们需要明白，他所接受的基督教仅停留在浅层，他内心深处的本质还是一个异教徒，他在杀害邓肯之后居然不能进行祷告，也说不出"阿门"两个字，但他却对班柯心怀恐惧，他说："他是个敢作敢为的人，在他的无畏的精神上，又加上深沉的智虑，指导他的大勇在确有把握的时机行动。除了他以外，我什么人都不怕，只有他的存在却使我惴惴不安"①，这体现了麦克白在潜意识中认为基督教还会在重要的时刻对他产生精神上的深度影响，并且他异教的身份害怕班柯基督教的身份，代表着基督教席卷其他教义的碾压性后果，值得一提的是，在看到班柯的鬼魂时，麦克白的心里涌上了这样的念头："在人类不曾制定法律保障公众福利以前的古代，杀人流血是不足为奇的事；即使在有了法律以后，像不忍闻的谋杀事件，也随时发生。从前的时候，一刀下去，当场毙命，事情就这样完结了……"②麦克白这样一个追求绝对主义且残暴无情的异教徒会回忆过去是一件颇为不可思议的事情，这代表着他其实内心已经开始认同基督教的教义，新的教义驯服野蛮的异教带来新的文明化进程几乎是不可避免，但他内心依然回味着古代属于异教的辉煌，这让他这个生于异教的勇士内心更加的割裂，因此麦克白不是一个简单的异教徒，也不是全盘受到基督教影响的基督徒，莎士比亚把异教和基督教的冲突在他的身上充分地展现，他不认可基督教的仁慈，但潜移默化地受到影响，这样的结果就是对自己过去的异教信仰产生了迷茫。因此莎士比亚在这里体现了基督教或明或暗的统治作用，但在写魔法之时仍然流露出他对过去瑰丽、神秘传统的向往。

　　总体而言，莎士比亚展现的神学传统观念是复杂的，他在戏剧中毫无保留地展现了魔法的神学性，也就是从自然魔法升华到卡巴拉魔法，从自然哲学上

①　[英]威廉·莎士比亚. 莎士比亚全集(五)[M]. 朱生豪译. 北京：人民出版社，1994：229.

②　[英]威廉·莎士比亚. 莎士比亚全集(五)[M]. 朱生豪译. 北京：人民出版社，1994：238.

升到神学，从自我的觉醒走向全体灵魂的觉醒，与此同时，他也渲染了神学传统中的阴暗与冲突。一方面，他与弗朗西斯·培根的立场相似，对异教的魔法并没有绝对排斥，他认同这是不可磨灭的，属于欧洲思想史的强大传统，并且这种传统永远地注入了他们的信仰之中，而也正是与基督教的结合使得他们的神学无比辉煌，他同样认为这代表着过去的荣光，也对魔法抱有热烈的期待，正如他借里昂提斯之口所说魔法是"一种和吃饭一样合法的技术"，说明他本人对魔法有一定程度上的认同。但他希望恢复的不是神学传统中的冲突，而是获得微妙的平衡，也就是多种信仰和教义温和的并存状态。另一方面，在对待魔法上，他表现出立场的区别，在天主教的内在立场中，他偏向温和派，在天主教与新教中，他第一选择偏向天主教，无可奈何的情况下才会对新教妥协，在异教与基督教的选择上，他绝对性地偏向于基督教立场，但内心依然为异教及异教魔法留下了一定的空间，并未完全否认其为异端或不能存在，但对其也保持着审慎与恐惧。

接下来将简要分析科学观念问题，如前文所述，神学的传统使得莎剧的魔法呈现出令人神往的神秘色彩，而其背后的神学也在欧洲的思想史中占据了极大的统治性，甚至"压抑了科学的正常发展超过 15 个世纪"[1]，在这样的环境中，任何寻求自然科学探索的活动都被视为无用功，但文艺复兴时期削弱了过去的神学统治，纵然魔法与异教思想仍然活跃，科学的萌芽开始显现，如本部分开头所述，科学观念并不是莎士比亚所偏重的一方，且在与魔法相关的剧情中着墨不多，本书第一章也已经明确论述了魔法不是科学，是一种非科学，只是具有与科学相类似性质的活动，但我们绝不可单纯地将魔法视为老旧且无用的故纸堆。

弗朗西斯·耶茨曾这么说："我认为，正是文艺复兴时期魔法师表露出了

---

① ［美］安德鲁·迪克森·怀特. 科学—神学论战史（第一卷）［M］. 鲁旭东译. 北京：商务印书馆，2012：482.

人对宇宙的态度改变，这是科学兴起的必要准备。"①诚然，魔法的自然联应性、仪式性都能够与现代科学有所关联，通过与自然的联应，能够熟知天地之间的联系，更好把握宇宙的规律，而通过具体的仪式，体现出了魔法的操作性，能够主动地去获取力量，虽然魔法的操作还不能和现代科学所等同，但是正是此时的魔法之冲动导致了"有效的科学直觉"②，也导致了"对万物的本性洞见"③。虽然这位学者的论断遭到诸多批评，但也给了我们思考魔法与现代科学关系的启示，魔法与现代科学的重合之处在于实际的活动，魔法师的仪式性和操作性就与之大幅度的重合，当时的魔法是早期科学的发展和伴侣，例如哥白尼引用神秘的先知来证明他的日心宇宙，第谷·布拉赫写论文论证他的天文发现，约翰·开普勒（Johannes Kepler）设计了他的椭圆轨道理论以求确认毕达哥拉斯宇宙和谐的概念，艾萨克·牛顿（Isaac Newton）试图发现贤者之石④。而事实上，与魔法相关的科学概念之间的界限往往"极具有流动性和可渗透性"⑤，但仍然能看出魔法与科学之间的不同。文艺复兴的魔法体现的是隐秘性的传统、个人化的仪式性操作、与自然的神学性感应，更加强调救赎与德性，个人的超脱与灵魂的升华，它固然可以呼风唤雨，一定程度上把控自然与规律，也可以如现代科学一般改变现状甚至是命运，但魔法的仪式操作不具有可复制性，因为这终究是隐秘的联系，并不具有普遍传达性，因此虽然神学理论强调人有理性就能够实施魔法，然而现代科学强调的是对自然规律的理性把握和使用，正如弗朗西斯·培根所认为的那样，一个人所能做的和了解的，就

---

① Frances A. Yates. *Giordano Bruno And The Hermetic Tradition*[M]. London：Routledge and Kegan Paul. 1964. p. 144.

② Frances A. Yates. *Giordano Bruno And The Hermetic Tradition*[M]. London：Routledge and Kegan Paul. 1964. p. 453.

③ Frances A. Yates. *Giordano Bruno And The Hermetic Tradition*[M]. London：Routledge and Kegan Paul. 1964. p. 452.

④ Brian Woolley. *The Queen's Conjuror*：*The Science and Magic of Dr. John Dee*，*Adviser to Queen Elizabeth I*[M]. New York：Henry Holt. 2001. p. 295.

⑤ ［荷］乌特·哈内赫拉夫. 西方神秘学指津[M]. 张卜天译. 北京：商务印书馆，2018：179.

是他忠实地从自然以及思想上所观察到的东西，因此现代自然科学强调的是遵从观察到的自然客观规律，而对自然与人的灵性链接、感应性互动则采取悬置，将魔法对宇宙的无限性联想拉回到对表现的有限性把握，正如海德格尔所认为的："规律的确立却是根据对象区域的基本轮廓来进行的。这种基本轮廓给出尺度，并且制约着对条件的先行表象——实验即始于这种表象并借助这种表象——绝不是任意的虚构"①，这再一次体现了现代科学注重于眼见为实的表象性，不再承认想象性的真实，从而颠覆了沉思性、个人化的魔法。

　　莎士比亚戏剧中与魔法相关的剧情并未太多体现科学的观念，但我们还是可以通过一些细微之处的剧情挖掘出现代科学观念也在莎剧中留下了若隐若现的痕迹。事实上，"在文艺复兴和现代早期，魔法和我们现在所称的科学之间几乎没有什么区别"②，从《暴风雨》普洛斯彼罗的原形之一——魔法师约翰·迪伊所使用的魔法就能看出这个时候所用的自然魔法就已经与科学相关，诚如评论家布莱恩·伍利所言："迪伊的科学的核心是一种被称为"自然"的魔法。……迪伊接受了一种超越科学理解的行为，他释放了一种神圣的力量，使行星转动，太阳升起，月亮起伏。正如迪伊所见，魔法是人类利用这种力量的能力。我们对它驱动宇宙的方式的理解越好，魔法就会变得越强大。换句话说，魔法就是技术。"③由此可知当时的自然魔法偏向于对宇宙秩序和星球移动的掌控，而此时文艺复兴时期最伟大的科学发现就是天文现象的突破，比如1572年与1604年出现的新星，以及伽利略对木星的四个卫星的突破性发现，代表着从科学上开始扭转了人们所认知的宇宙观，《暴风雨》之中普洛斯彼罗的魔法体现的科学观念就是宇宙秩序的显现，在荒岛上他的魔法使得一切井然有序，他处在宇宙链条的最高层，福星落在他的头顶，而爱丽儿作为天使与他

---

①　吴功青．魔化与除魔：皮柯的魔法思想与现代世界的诞生［M］．北京：生活·读书·新知三联书店，2023：290.

②　Donald Carlson. *"Tis New to Thee"：Power，Magic，and Early Science in Shakespeare's The Tempest*［J］. The Ben Jonson Journal 22. 1（2015）. pp. 1-22.

③　Brian Woolley. *The Queen's Conjuror：The Science and Magic of Dr. John Dee，Adviser to Queen Elizabeth I*［M］. New York：Henry Holt. 2001. pp. 50-51.

共享爱、想象力、理智，作为人的米兰达与腓迪南及其他外来者围绕着上帝的魔法运转。纵然莎剧的魔法书写里涉及科学观念的并不多，而正如哥白尼的思想到1630年才被接受、伽利略45岁才发明望远镜观测到木星一样，虽然这种影响难以被直接察觉，但千百年后回望莎剧，我们仍然能听见这科学新知带来的破晓之声，而神学的传统也与科学的新知成为了莎剧中的魔法最深层次的隐喻。

总体而言，在莎剧中，魔法隐喻着神学与科学的多向生成与复合，它有着深厚的神学观念传统，追求个人的超脱与集体灵魂的荡涤，亦完全体现了自然魔法的联应性，仪式性和卡巴拉魔法的救赎性与神圣性，展现了魔法师灵魂的强大和神圣的力量，代表着对自然的掌握，但莎士比亚在神学传统中以直接和间接的方式表现了神学传统第二层的冲突因素，在这种书写中包含了他个人的立场，即追求多种思想的共存共生与微妙的平衡，但是他对魔法的复杂态度也代表着此时的他在魔法的神秘深渊中看到了一丝现代科学的曙光，于是他悄悄地在戏剧中留下了科学观念的微弱萌芽。

我们可以认为，莎士比亚笔下的魔法是寄寓着他深沉的理想的，他向往恢复神学传统的光荣，期待着魔法能够带来真正的救赎，教会人们爱的力量，不要再陷入沉思与自我隔绝，而是要去面对真实的世界，拿回属于人的力量。他更希望"魔法"这个植根于特定时期深厚土壤的、融合了多种思想交锋的传奇之物能够平缓地过渡到新的时代，并不是从此消逝，而是顺应发展的方向，充当科学开路之先锋，引领新的思潮，即他希望魔法的效果能推行至全体人类，从改变个人的命运转为成全众人的幸福，从保留个人的隐秘体验到与众人共悲欢同离合，从最古老玄奇的仪式操作转变成能被无数次重现的奇迹，他在最后一部戏剧中作为魔法师普洛斯彼罗登场，他的退场也宣告了魔法时代的结束，可以说他本人就是文艺复兴时期最漫长、最盛大的魔法，千秋万代以来他的形象与魔法的说辞千变万化，但他的身影从未消失，他本人以及他笔下的魔法亦成为了文艺复兴时代最显著的符号、世人眼中最神秘与华丽的文化传统、知识分子心里挥之不去的千古谜团、文学史上最承重的光荣丰碑，造就了世界文学史、人类精神史上熠熠生辉的传奇。

结　　论

　　莎士比亚的戏剧是文艺复兴时期丰厚的遗产，也是世界文学史珍贵的宝藏。这位埃文河畔的戏剧青年凭着一腔热血背起行囊前往伦敦，从此他的作品便享誉世界。他的戏剧为我们展现了文艺复兴时期英格兰的盛况，诚如特雷弗里安所言："在航海与发现方面，在音乐、戏剧、诗歌方面，在社会生活的许多方面，我们都可以肯定地说，这是莎士比亚英格兰的黄金时代，是一个充满和谐与创造力的时代"①，与此同时，莎士比亚也生活在一个充满矛盾的时期，从伊丽莎白一世到詹姆斯一世，他经历了从光明到黑暗的变迁，正好处在一个混杂了多种思想的十字路口时期，特雷弗里安同时也指出，如果不是在这一个时期，他的作品永远不可能产生，如果不是那样的思想、生活、语言习惯，如果伦敦的剧院没有发展起来②，他也不可能以这样的方式来写作，因此，在这个近代科学还未完全蓬勃发展，神学思想依然根深蒂固的时期，莎士比亚的戏剧中就呈现出了含义复杂的"魔法"，这给了我们三方面的启示。

　　首先，从概念层面，"魔法"本身作为神秘学的传统术语，是管窥莎士比亚及文艺复兴时期哲学的重要镜面，它是文艺复兴重要的文化现象和文化活动。魔法与占星术、炼金术同时属于神秘学的三大研究对象，它们"既在彼此

---

　　① G. M. Trevelyan. *English Social History*：*A Survey of Six Centuries*，*Chaucer to Queen Victoria*［M］. Harmondsworth. Middlesex：Penguin. 1986. p. 188.

　　② G. M. Trevelyan. *English Social History*：*A Survey of Six Centuries*，*Chaucer to Queen Victoria*［M］. Harmondsworth. Middlesex：Penguin. 1986. pp. 216-217.

之间划定边界，又针对共同的'他者'绘制一个总体边界"①，这就决定了魔法与占星术、炼金术属于一个范畴之下的平行概念，它们三者有着一定的边界，但总体而言，我们可以得出结论，魔法是一种介于科学与神学之间的神秘现象，是通过媒介改变自己和他人的物质世界和精神世界的操作性意指活动，它需要中介来帮助起效，即实体媒介与语言媒介，它在莎剧中操控着人物的命运，使得人物的命运出现了神性的转变或魔性的转变。

其次，从作家层面，莎士比亚本人的生平与创作融入了相当多的神秘学思想，和"魔法"紧密相连。从他的生平来看，他本人仿佛横空出世一般缔造了恢弘的戏剧传奇，又在巅峰时期突然脱掉了他的"法衣"，折断他的"魔杖"，回归成一个普通的人，他的身份扑朔迷离，他戏剧中的魔法仿佛映照着他的人生一般，从混乱走向智性，从简单的改变现状走向着眼于灵魂的解脱。他隐晦地体现了多种性质、多种媒介的魔法，通过诸多独具匠心的戏剧台词给予我们解读的空间，从文艺复兴哲学、文学人类学角度而言，这些都具有珍贵的意义。更难能可贵的是他在书写魔法时充分融入了文艺复兴时期自然哲学、自然魔法理论的精华，例如与自然的联应、宇宙的交感，更体现了魔法的仪式性、操作性。他也不完全停留在简单的自然魔法层面，还结合了卡巴拉魔法的传统，书写了灵魂的飞升、死而复生的救赎。

再次，莎士比亚戏剧中的"魔法"书写体现了他深刻而矛盾的思想。莎剧中的魔法背后透露出精神想象与伦理约束相冲突的观念，它既包含了神学传统的表现，也潜藏着新兴科学的萌芽，我们可以这么理解：前者表现了莎士比亚戏剧中魔法性质的复杂，也体现了莎士比亚的复杂观念，他对魔法的惊人神力非常赞叹，同时又表现出对魔法有可能脱离伦理约束的担忧，这体现了道德哲学对他深刻的影响，他热爱想象的魔法，因为这种魔法是激发他创造力、想象力的寄托，但他更加赞同符合伦理需要的道德性魔法，他意识到了魔法的恐怖

---

① ［荷］乌特·哈内赫拉夫. 西方神秘学指津［M］. 张卜天译. 北京：商务印书馆，2018：179.

之处，因此在《暴风雨》的最后他借着普洛斯彼罗向所有读者与观众告白，他要放弃所有的魔法，愿他能从此获得自由，也许此刻他已经明白，无所不能的神力终究会有消散的一天，魔法改变不了道德伦理的沦陷，也改变不了人心的善恶，这种扭转的力量终究是一场幻梦，而魔法应该有的作用是让人心回归正轨、让道德伦理发挥效力，例如他笔下的宝丽娜实施的救赎性魔法，寄寓了若不自救则难以解脱的道理；后者表现了魔法观念和莎士比亚所接受的神学传统的复杂，莎士比亚从未直接拒斥过魔法，他对魔法依然抱有期待，他希望借着魔法恢复以往的神学荣光，也就是通过魔法的实施，人们能净化自我、通过领悟自然的奥秘照亮知识世界、走向神学的至高完善，这是传统的其中一面，另外，他通过《错误的喜剧》中的驱魔、《冬天的故事》中的暗示、《麦克白》中麦克白本身的矛盾展现了他的神学传统的另一面，他赞同天主教派对异教的包容性，但也对新教无可奈何地表示接受，他绝对性地让基督教在神学上获得胜利，但也留下了异教或隐或现的力量，虽然莎剧中跟魔法相关的内容并未展现较多的科学观念，但莎士比亚在他最后一部戏剧《暴风雨》中已经先声夺人地将科学观渗入其中了。

综上所述，莎士比亚戏剧中的魔法体现了双重观念的冲突与复合，这与莎士比亚本人在当时所接受的多重观念是分不开的，背后更体现了文艺复兴时代特有的文化矛盾性，虽然"魔法"在莎剧中并不是莎士比亚本人着墨最多的部分，但却是最具有吸引力的研究内容，作为研究对象，它促进情节发展、服务主题构建，增加剧情深度，作为理论概念，它呈现了巨大的理论张力与观念内涵，作为文艺复兴时期特殊的文化见证，它永远值得后人的研究与评价。

参 考 文 献

一、著作类

(一)外文著作类

[1] H. Clay Trumbull. *The Threshold Convenant: Or the Beginning of Religious Rites* [M]. New York: Charles Scribner's Sons. 1896.

[2] Raysor. T. M. *Coleridge's Shakespeare Criticism* [M]. Cambridge. Mass: Harvard University Press. Vol. 1. 1930.

[3] Cumberland Clark. *Shakespeare and the Supernatural* [M]. London: Williams & Norgate Ltd. 1931.

[4] Chew, S. C. *The Crescent and the Rose: Islam and England during the Renaissance* [M]. New York: Oxford University Press. 1937.

[5] Rossell Hope Robbins. *The Encyclopedia of Witchcraft and Demonology* [M]. London: Peter Nevill Limitted. 1959.

[6] K. M. Briggs. *Pale Hecate's Team* [M]. London: Routledge and Paul. 1962.

[7] K. M. Briggs. Hecate's Team: An Examination of the Beliefs in Witchcraft and Magic among Shakespeare's Contemporaries and His Immediate Successors [M]. London: Routledge & Kegan Paul. 1962.

[8] Keith Thomas. Religion and the Decline of Magic: Studies in Popular Beliefs in Sixteenth and Seventeenth Century England [M]. London: Weidenfeld & Nicolson.

1971.

[9] Louise Bouyer. *Understanding Mysticism* [M]. Garden City NY: Image Books. 1980.

[10] Jean Houston. *The Possible Human: A Course for extending your Physical, Mental, and Creative Abilities* [M]. J. P. Tarcher: Los Angeles. 1982.

[11] G. M. Trevelyan. *English Social History: A Survey of Six Centuries, Chaucer to Queen Victoria* [M]. Harmondsworth. Middlesex: Penguin. 1986.

[12] Richard Kieckhefe. *Magic in the Middle Ages* [M]. New York: Cambridge University Press. 1989.

[13] Rosemarry Ellen Guiley. *The Encyclopedia of Witched and Witchcraft* [M]. New York: Facts on File. 1989.

[14] Greenaway Peter. *Prospero's Books: A Film of Shakespeare's The Tempest* [M]. New York: Four Walls Eight Windows. 1991.

[15] Keith Thomas. *Religion and the Decline of Magic* [M]. New York: Penguin Books. 1991.

[16] Frances E. Dolan. *Dangerous Familiars: Representations of Domestic Crime in England* 1550-1700 [M]. Ithaca and London: Cornell University Press. 1994.

[17] Linda Woodbridge. *The Seythe of Saturn: Shakespeare and Magical Thinking* [M]. Urhana and Chicago: University of Illinois Press. 1994.

[18] Deborah Willis. *Malevolent Nurture: Witch-Hunting and Maternal , Power in Early Modern England* [M]. Ithaca and London: Cornell University Press. 1995.

[19] Brian Woolley. *The Queen's Conjuror: The Science and Magic of Dr. John Dee, Adviser to Queen Elizabeth I* [M]. New York: Henry Holt. 2001.

[20] Kirilka Stavreva. *"There's Magic in Thy Majesty": Queenship and Witch-Speak in Jacobean Shakespeare* [A]. Levin et al. (eds.). in *"High and Mighty Queens" of Early Modern England: Realities and Representations* [M]. Carole Levin, Jo Eldridge Carney. Debra Barrett-Graves. 2003.

［21］Stephen Greenblatt. Will in the world：How Shakespeare Became Shakespeare［M］. New York：W. W. Norton & Company. lnc. 2004.

［22］Colin McGinn. *Shakespeare's Philosophy*［M］. New York：Harper Perennial. 2006.

［23］David H. Levy. *The Sky in Early Modern English Literature：A Study of Allusions to Celestial Events in Elizabethan and Jacobean Writing*［M］. New York：Springer. 2011.

（二）中文著作类（含译著）

1. 外文译著

［1］［英］威廉·莎士比亚. 莎士比亚全集（六卷本）［M］. 朱生豪等译. 北京：人民文学出版社，1994.

［2］［德］伊曼努尔·康德. 康德著作全集（第 2 卷）［M］. 李秋零译. 北京：中国人民大学出版社，2004.

［3］［英］英王阿尔弗雷德等. 盎格鲁-撒克逊编年史［M］. 寿纪瑜译. 北京：商务印书馆，2004.

［4］［英］罗宾·布里吉斯. 与巫为邻：欧洲巫术的社会和文化语境［M］. 雷鹏等译. 北京：北京大学出版社，2005.

［5］［英］E. E. 埃文思-普理查德. 阿赞德人的巫术、神谕和魔法［M］. 覃俐俐译. 北京：商务印书馆，2010.

［6］［法］爱弥尔·涂尔干. 宗教生活的基本形式［M］. 渠东、汲喆译. 北京：商务印书馆，2011.

［7］［英］维克多·特纳. 象征之林——恩登布人仪式散论［M］. 赵玉燕、欧阳锋、徐洪峰译. 北京：商务印书馆，2011.

［8］［美］安德鲁·迪克森·怀特. 科学—神学论战史（第一卷）［M］. 鲁旭东译. 北京：商务印书馆，2012.

［9］［法］阿诺尔德·范热内普. 过渡礼仪［M］. 张举文译. 北京：商务印书

馆，2012.

[10]［英］J. G. 弗雷泽. 金枝——巫术与宗教之研究［M］. 汪培基，徐育新，张泽石译. 北京：商务印书馆，2012.

[11]［美］兰德尔·柯林斯. 互动仪式链［M］. 林聚任、王鹏、宋丽君译. 北京：商务印书馆，2012.

[12]［澳］彼得·哈里森. 科学与宗教的领地［M］. 张卜天译. 北京：商务印书馆，2016.

[13]［美］劳伦斯·普林西比. 炼金术的秘密［M］. 张卜天译. 北京：商务印书馆，2018.

[14]［法］马克·布洛赫. 国王神迹：英法王权所谓超自然性研究［M］. 张绪山译. 北京：商务印书馆，2018.

[15]［荷］乌特·哈内赫拉夫. 西方神秘学指津［M］. 张卜天译. 北京：商务印书馆，2018.

[16]［德］歌德等. 莎剧解读［M］. 王元化、张可译. 上海：上海书店出版社，2019.

[17]［法］雷比瑟. 自然科学史与玫瑰［M］. 朱亚栋译. 北京：华夏出版社，2019.

[18]［英］西德尼·李. 莎士比亚传［M］. 黄四宏译. 北京：华文出版社，2019.

[19]［美］查尔斯·B·施密特、［英］昆廷·斯金纳. 剑桥文艺复兴哲学史［M］. 徐卫翔译. 上海：华东师范大学出版社，2020.

2. 中文著作

[1]杨周翰. 莎士比亚评论汇编（上）［M］. 北京：中国社会科学出版社，1979.

[2]张泗阳. 莎士比亚大辞典［M］. 北京：商务印书馆，2001.

[3]汤平. 魔幻与现实：莎士比亚戏剧中的超自然因素研究［M］. 成都：四川大学出版社，2015.

[4]吴功青. 魔化与除魔：皮柯的魔法思想与现代世界的诞生［M］. 北京：生活·读书·新知三联书店，2023.

二、期刊论文类

(一) 外文期刊类

[1] Henry B. Wheatley. *The Folklore of Shakespeare* [J]. Folklore. Vol. 27. No. 4. 1916.

[2] Michael J. B. Allen. *Astrology in the Renaissance: The Zodiac of Life* [J]. Renaissance Quarterly. Volume 36. Issue 4. 1983.

[3] Wayne Shumaker. *Reginald Scot and Renaissance Writings on Witchcraft* [J]. Renaissance Quarterly. Volume 39. Issue 2. 1986.

[4] William R. Newman and Lawrence M. Principe. *Alchemy vs Chemistry: The Etymological Origins of a Historiographical Mistake* [J]. Early Science and Medicine. Issue 3. 1998.

[5] Hans-Martin Kirn. *White Magic, Black Magic in the European Renaissance. From Ficino, Pico, Della Porta to Trithemius* [J]. Church History and Religious Culture. Volume 88. Issue 4. 2008.

[6] Wouter J. Hanegraaff. Better than Magic: Cornelius Agrippa and Lazzarellian Hermetism [J]. Magic, Ritual&Witchcraft. Issue1. 2009.

[7] Sheila J. Rabin. *Pico and the Historiography of Renaissance Astrology* [J]. Explorations in Renaissance Culture. Volume 36. Issue 2. 2010.

[8] Donald Carlson. "*Tis New to Thee*": *Power, Magic, and Early Science in Shakespeare's The Tempest* [J]. The Ben Jonson Journal 22. 1 (2015).

[9] Geoffrey Blumenthal. *Astrology and Copernicus's Early Experiences in the World of Renaissance Politics* [J]. Centaurus. Volume 57. Issue 2. 2015.

[10] Alan Rudrum. *Disknowledge: Literature, Alchemy, and the End of Humanism in Renaissance England* [J]. MLQ: Modern Language Quarterly. Volume 78. Issue 4. 2017.

［11］Broecke Steven vanden. *An Introduction to Astrology in the Renaissance*［J］. Journal for the History of Astronomy. Volume 48. Issue 4. 2017.

［12］Martina Zamparo. *"An art / That Nature makes"*：*The Alchemical Conception of Art and Nature in Shakespeare's The Winter's Tale*［J］. Le Simplegadi. Volume 15. Issue 17. 2017.

［13］Sandra Blakely. *Starry Twins and Mystery Rites*：*from Samothrace to Mithras*［J］. Acta Antiqua Academiae Scientiarum Hungaricae. Volume 58. Issue 1-4. 2018.

［14］Roulon Natalie. *Alchemy in Shakespeare's Tempest*［J］. Notes and Queries. Volume 66. Issue 3. 2019.

［15］Chapman Matthieu. *Red*，*White*，*and Black*：*Shakespeares's The Tempest and the Structuring of Racial Antagonisms in Early Modern England and the New World*［J］. Theatre History Studies. Volume 39. Issue 1. 2020.

（二）中文期刊类

［1］胡鹏. 城市、驱魔与自我身份——《错尽错觉》中的巫术与宗教［J］. 国外文学，2011（04）.

［2］曾早垒，刘立辉. 神圣与世俗之间——克里斯托弗·马洛《浮士德博士的悲剧》与欧洲巫术文化传统［J］. 外国语文，2013（08）.

［3］徐嘉. 麦克白夫人的孩子与被篡改的历史［J］. 国外文学，2015（03）.

［4］傅光明.《麦克白》的"原型"故事及"魔幻与现实"的象征意味［J］. 东吴学术，2017（02）.

［5］胡鹏. 莎士比亚的印刷术与怀疑主义［J］. 外国语文，2018（04）.

［6］谷裕.《浮士德》学者剧中的魔法和炼金术——兼谈近代自然科学之发轫及问题［J］. 长江学术，2019（04）.

［7］刘小枫. 安德里亚与17世纪的"玫瑰十字会"传说［J］. 江汉论坛，2019（09）.

[8]胡鹏．仪式、巫术与政治——《麦克白》中的御触[J]．国外文学，2020 (03)．

[9]陶久胜．英国大瘟疫时期的国家安全焦虑：《埃德蒙顿女巫》中的毒药、舌头与政治身体[J]．社会科学研究，2021(03)．

三、学位论文类

（一）博士论文类

[1]戴丹妮．莎士比亚戏剧与节日文化研究[D]．武汉大学，2013．

[2]张雪梅．莎士比亚戏剧中的自由意志主题[D]．西南大学，2018．

[3]刘洋．恐惧、愤怒、爱与恨——早期现代英国巫术戏剧中的情感研究[D]．南京大学，2020．

（二）硕士论文类

[1]王勋．莎士比亚戏剧中的超自然因素研究[D]．吉林大学，2018．

[2]王子桐．基督教与异教因素的交织——《麦克白》悲剧新探[D]．东北师范大学，2019．

[3]金相宜．分离、阈限与聚合——莎士比亚《李尔王》中的过渡礼仪[D]．西南大学，2021．

后　记

回想起来，我在决定写这个选题的那一刻，就是我的命运改变的瞬间，希望十二年前的我以及未来的我和这篇后记再次相逢的时候，能够在回忆过往与珍惜现在的前提下，拥有不断向前的动力，也希望这本专著能够带给过去的我、未来的我以及各位读者以新的思考。

莎士比亚研究随着时间的流逝而不断深入，我很荣幸能够有机会参与其中，研究莎士比亚这件事情于我而言意义非凡，它给予了我无比的信心与勇气。第一，我能够透过剧本和这位超凡绝伦的戏剧家对话，能够透过他的台词看见他超乎寻常的感染力、无与伦比的自信、深不可测的思想，这让我彻底刷新了对他、对莎剧、对文艺复兴的认识。第二，通过研究莎剧和魔法，我拓宽了我的理论视野，迈出了学术路上真正的第一步，我在研究中敢于挑战经典的解读，敢于运用不同的理论观点进行阐释，这是以往的我从未敢涉足之地，但当我迈过这重重困难时，我得到了对于莎士比亚研究全新的认识。我坚信这也是莎士比亚本人对每一个敢于探索未知、勇于突破极限之人的回馈。莎士比亚所处的年代也恰逢多方力量角逐、多股思潮涌动的历史转折点，人们自信地跨入人文复苏的思潮，但在热烈的求索中，也会有毫无方向自我怀疑的时刻。这充分体现了当下我们的境遇，我们也恰逢时代思潮剧烈碰撞的变局中，急于寻找人生的前路，在希望与绝望之中思索人生的意义，不断追问我们是谁，要到何处去。而莎士比亚用他的戏剧给了每一个处在迷茫期的青年最好的回答，他告诉我们：做勇往无前的搏击者、奋斗者；做继往开来的开拓者、引领者；做清醒坚定的思考者、探索者；做热烈浪漫的梦想者、自由者。他的存在是人类思想史、文学史的奇迹，他教会了我们如何将过去与现在连接，如何将自我与命运和解，如何播撒希望，如何迈进未来。

近年来，《新版牛津莎士比亚全集》(*The New Oxford Shakespeare Complete Works*)作为国际莎学同行集体智慧的结晶走入人们的视野，莎士比亚的戏剧被不断的翻印、改写、新编，尤为值得关注的是这套著作的第四卷名为《全集：作者身份溯源》，主编加布里埃尔·伊根教授在接受《上海书评》的采访中谈道："我们的研究显示，一些长期以来被认为是莎翁的剧作却不尽然，其中某些部分实际上是由他人撰写的，例如克里斯托弗·马洛。反过来的情况也有，一些传统上被认为是他人的剧作，或其中一部分是他人所著，实际上则是出自莎士比亚之手"，他还指出《麦克白》中相当一部分台词不是莎士比亚所作，而是他的同辈人托马斯·米德尔顿所作，除他以外，乔治·威尔金斯、乔治·皮尔都与莎士比亚合作过剧本，这对于莎士比亚的身份溯源乃至莎剧作者问题是一个突破性的进展，当然，这位学者并未用"证明"来武断地下结论，而是通过语料库的细致比对，无限地引导我们接近真相，因此莎士比亚从未远去，他活在每一个追寻新世界，拥有好奇心的人的心里。通过研究莎士比亚，我发现，文艺复兴文学并不只是停留在课本上冰冷的文字，也不是不可触碰、不可逾越的鸿沟，它代表着浪漫、觉醒、个性勃发的感性传统，它告诉人们，先去做真正的人，带着好奇心去探索这个世界，正视自己的潜能，挖掘自己的天赋，认清自己的局限，做一切应当做的事情，这也是我们要终身修炼的课题。

向永远的文学巨匠威廉·莎士比亚致敬，您是埃文河畔展翅而飞的天鹅，是"大地的清新点缀"，是"锦绣阳春唯一的前锋"，是"人类文学奥林匹斯山上的宙斯"。您的光辉照耀着全人类，从时代的开始到尽头，您为我们的创作提供了源源不断的灵感，您的创作超越了时空，连接起不同时代的人们，您从未困在当下，而是不断为我们揭开每一个纤尘不染的明天。我们至今仍然为您独特的想象、惊人的天赋、宏大的思考而敬佩不已。我们为罗密欧与朱丽叶令人泫然而泣的爱情扼腕叹息、为奥赛罗与苔丝狄梦娜的阴差阳错与阴阳两隔掩面而泣、为泰特斯·安德洛尼克斯与拉维妮娅这对父女付出的血泪代价疼痛在心、为伊摩琴与波塞摩斯历尽千帆终成眷侣欢欣鼓舞、为哈姆雷特发人深省的哲学之思叩问灵魂、为普洛斯彼罗最终的大彻大悟感慨万分，我们为您创造的世界动情，您在戏剧中为我们编织的玫瑰色幻梦更让我们醉心，即使是缀满水晶的王冠，也不如您万分之一的耀眼，您所生长的环境是神坛，而您是戏剧史中伟大的正神。

感谢我的父母、姑姑、哥哥及其他的亲人们，我作为家中最小的孩子，从小就生活在你们无微不至的呵护里，二十多年的岁月中，我们一起走过无数欢声笑语的日子，也一起经历了无数艰难而悲伤的时刻。你们用最赤诚的欣赏和赞美告诉了我，我是一个值得被深爱的人，也是比任何人都要优秀的存在。我记得你们给予的每一个拥抱、亲吻，记得你们为我担心的模样，记得你们为我欣喜的眉眼，记得你们默默守候我的身影，就如同海水因大地的怀抱而愈加深广一样，我的灵魂也因你们的引导而更加深刻。你们疼爱我，陪伴我，满足我的一切需求，纵容我所有的撒娇任性，尊重我的所有决定，然而你们却独自扛下生活所有的艰辛。我想人生所有的底气就源自最亲的人无限的包容与支持，而我非常幸运得到了你们毫无保留的爱与保护，如果说我是一叶在惊涛骇浪中前进的扁舟，你们就是掌舵的水手，如果说我是春天争相盛开的花朵，你们就是那沉默托举着我的山峰与沃土，每一个孩子的成长都带着父母亲人的印记，而我每一步路都有你们同行，你们是我的港湾，是我生命中最重要的部分，是我人生道路上最伟大的榜样，是上天给予我最好的馈赠，是我精神的永恒支柱，是我要拼尽全力守护的一切，我能够好好地走到现在，感谢你们的爱，陪伴与教导，我永远与你们同在，愿我们踏遍千万红尘"依旧一笑作春温"。

感谢我的硕士生导师李锋老师三年的教导，感谢您欣然答应收我入门，在三年的研究生学习生涯中，为我遮挡住所有的风雨，尊重我的学术方向与爱好，鼓励我大胆前行。我是个爱撒娇爱哭的任性小女孩，您却从未对我不耐烦，每当我有烦恼时，您总是耐心倾听，给我中肯的建议；在我向您提出我稚嫩而不成体系的学术见解时，您鼓励我去尝试；在我发给您我写得七零八落的论文时，您始终认真为我写意见和批注，从没有半分嫌弃与责怪；在我因为突如其来的疾病在医院崩溃大哭时，您一直安慰着我，百忙之中接我去检查。过去三年，我们一起畅谈理想，互相支持，彼此安慰，彼此信任，您的包容和鼓励给了我前进的力量，您严谨认真、冷静自持的学术之风让我受益匪浅，我相信我们是最默契的师生，是最好的伙伴，遇见您是我研究生三年里最大的幸运，愿您永远少年意气，英姿飒爽，平安健康，阖家幸福，愿年年今日，灯明如昼，歌舞不绝，您我依旧。

　　感谢彭老师、龚老师、贺老师、宋老师、吴老师，你们让我看见了"世之奇伟、瑰怪、非常之观，常在险远，而人之所罕至焉，故非有志者不能至也"的奇迹。你们是杰出的文艺理论工作者，是与我昂首阔步前进的同伴，是你们为我打牢了理论的根基，为我开拓了宏大的视野，打开了自由的天地，在这里我可以驰骋放纵我的构思、我的努力、我的情感，我知道这里欣欣向荣地生长着一份决心，这份决心让我继续去懂，去喜欢，去爱。我相信学习理论于我而言最大的意义，不是追求毫无破绽的完美，也不是追求转瞬即逝的荣耀，而是为了这份爱，我随时都做好最终被推翻、摧毁却依然热爱的准备，这是坚持对他人之爱而必须付出的代价，但我相信那些能坦然接受心灵或者温热或者剧烈战栗的人，才能拥有对理论深刻的领悟和真正的幸福，因为只有我们清楚人的心灵是为了迎接这一个个充盈着爱的重要时刻而来到世界上的，这份爱将在我们的论文里万古长青。正如卢梭（Jean-Jacques Rousseau）在《新爱洛依丝》（*La Nouvelle Heloise*）中所写："对我们来说珍贵的东西，是无法逃遁的。它的形象比海洋和风走得更快，追随我们直至世界的尽头，我们随身携带着它，所到之处，都有使我们活下去的东西"。我听说过一个理论，精神力强的人都拥有精神上的"锚点"，不管世界如何变换，只要有这个"锚点"在，他们永远都能相信、热爱、保持自我。我希望能够成为你们心中"锚点"的一部分，至少你们相信着这样的，我不敢说能保持这样的状态多久，但如果此刻，在你们眼里的我是如此美丽、明亮，足以让你们感受到自豪与幸福，那么我也会为这样的自己而骄傲，对我而言，你们早已是我精神"锚点"的重要组成部分，这让我坚定自己的路，时刻告诫自己，"莫忘少年凌云志，曾许人间第一流"。

感谢武汉大学出版社的白绍华老师，感谢您不辞辛劳地接下我的专著出版工作，耐心细致与我沟通，从不责怪我的不专业和偶尔的粗心，您全力以赴的支持和温柔的理解给了我写作的巨大动力；感谢我的房东老师一家，在家属区住了快六年，感恩你们为我营造的安静、舒适的生活环境，你们一直把我当自家人一样照顾，见证了我从本科到硕士再到博士，每次我遇到重大抉择时，你们总会倾囊相助，从无怨言；感谢辅导员王芳老师，您在平时的生活和管理中一直支持我，耐心、细心地做好我们的学生工作，在我遇到困难时，您毫无责怪地安慰我，为我想办法，非常感激在我求学过程中有您相伴，在此祝各位老师未来事业顺利，家庭幸福。

感谢我的姐妹杨蕾同学、陶春芮同学、熊沐恩同学、许光照同学、唐思燚同学对我一直以来的照顾和包容，我们永远是姐妹六人组，永远是最贴心的闺蜜团；感谢符家宁同学、马菁同学、梅涛同学及暨南大学的李佳旭同学平日的互相支持，求学路上你们无私而慷慨地给予了我无数的帮助；感谢我的研友沈阳师范大学的杨睿默同学与民大外语学院的陈晨同学对我的诸多支持和在我艰难困苦时给我的勇气和信心，一切的相遇都是必然的，我们的相遇同样如此，我们是永远的铁三角，也是最好的同伴；感谢我的学妹张璐同学、张琪同学、覃伊凡同学、徐初彤同学、曾诗怡同学、王茸玲同学、张颖洵同学、姜乐瑶同学、杨世英同学、赵英攀同学、金瑾同学、韩瑞同学、顾菁菁同学、万文萱同学、卢怡纯同学、牛舒婷同学、付丹阳同学、唐若妍同学、马湘婷同学、重庆师范大学的李珂珂同学以及学弟李已尧同学对我的信任和关爱，你们始终不忘热爱正义、追求真理、提升自我，我相信，在夜空所有的星星汇聚成银河，所有的溪流、星光、梦想、都能汇入同一片大海时，被遗落在海洋深处的每一朵孤单的浪花会再次奔涌、发出轰鸣，到那时，我们终会再次再见。

感谢我相识十三年的、来自全国各地的各位挚友们，到今天，我终于有资格向你们说一声谢谢，感谢你们丰满了我的生命，感谢你们跨越千山万水，在我最绝望最需要帮助的时候出现，与你们相遇后，我知道了凉山深处那些吹落天涯的繁花，黑山白水之间迎面而来的长风，橘子洲头被秋色包裹、层林尽染的山河，天涯南边沉默不语的礁石与海浪拍打的沙滩，与你们通信后，我知道了努力的快乐，知道了被他人深爱的幸福，是你们的来信和鼓励让我更加自尊自信。

　　亲爱的挚友们，也许你们永远不知道你们对我的意义，遇到你们时我几乎一无所有，而你们却毫不在意地拥抱着我，告诉我你们会永远爱着我，一直注视着我。你们是我艰难时凝望许久的寄托，是我读到的诗篇里刻入灵魂和温柔，是我所有梦和希望的实体，我想用雪一般纯洁无垢的目光去注视着你们，我爱你们苍凉双眸留有余温，爱你们骄傲冷冽坚定向前。你们出现在我生命中，给我最大的意义就如同赫尔曼·黑塞的《纳尔齐斯与歌尔德蒙》中所说："一个负有崇高使命的人，即使生活在狂热的混沌中沉溺的很深，浑身糊满血污尘垢，也不会变得渺小和卑劣，泯灭心中的神性；他即使无数次迷途在深沉的黑暗中，灵魂的圣殿里的神火仍然不会熄灭。"遇见你们时是满月之夜，那明月的边缘如霜雪，寒冷得我可以吻它，你们的双眼是冰冻的海，你们是我最盛大的心事。

　　亲爱的挚友们，我从来没有忘记过你们，就算我们已经长大，各自奔走天涯，但我们相遇的印记和友谊的羁绊依然存在，我们一起度过了那一个个盛夏，也在一次次新年的烟火中成长，相逢必有离别时，属于我们的少年之梦在18岁之后就已经成为了故事书里泛黄的一页，我知道事到如今不能再以亲昵的样子呼唤你们的名字，但我难以忘怀那段极致的快乐，也许我阅历太少，或是依旧年轻，不知山之宽广海之深厚，可就算我见过千万人，你们的面孔依然清晰而明媚。我想，只要思念的线依然清晰，我就还能沿着这根线走下去，假以时日，应该还是可以和你们在某个瞬间擦肩而过，或者在某个时空再次见到，愿那一刻到来时，重逢还如初见。若真的无法再次相见，我也明白，生活从不因思念和遗憾停歇，当我真正有能力迎接挑战之时，也是你们该彻底离开之时，但我相信，我永远都能在记忆之墙撼动的瞬间见到你们，我永远能在时间之流的尽头找到你们，"但令心似金钿坚，天上人间会相见"，老天若感我心诚至此，定不将使我沦落在无边无识之黑暗里。我不会再回头看，也不会说再见，因为你们给我的梦想，碾碎成泥却依然闪光，你们已经到来，并且无所不往，我会带着你们一起，活成永不落下的太阳。

最后，再次感谢以上的各位，愿我们为了自由而努力奋斗，愿此生不被客观世界所限，亦不受内心深处所困。这份自由不是肆意放纵与脱离规则，它是对生命之旅的感受，是了解生命中每一阶段的课题与自我的存在。愿我们了解责任，认识命运，被理性眷顾，被感性馈赠，愿我们心中有山川，有河海，有宇宙天地，愿我们仍然保持那份强烈的爱，百合与玫瑰将为我们的勇气与热情盛开。

魏雨洁

2024 年 3 月 31 日

于中南民族大学文传学院